T0285945

LOS NIÑOS ESTÁN MIRANDO

IMPEDIMENTA NARRATIVA, 289

LAIRD KOENIG Y PETER L. DIXON
LOS NIÑOS
ESTÁN MIRANDO

Traducción del inglés de Alicia Frieyro

IMPEDIMENTA

Título original: *The Children Are Watching*

Primera edición en Impedimenta: junio de 2024

Copyright © 1971, Laird Koenig y Peter L. Dixon
Copyright de la traducción © Alicia Frieyro, 2024
Imagen de cubierta basada en la portada de la edición estadounidense publicada en 1971
por *Ballantine Books Inc.* © Marvin Hayes, 1971
Copyright de la presente edición © Editorial Impedimenta, 2024
Juan Álvarez Mendizábal, 27. 28008 Madrid

http://www.impedimenta.es

ISBN: 978-84-19581-42-6
Depósito Legal: M-10593-2024
IBIC: FA

Impresión y encuadernación: Kadmos
P. I. El Tormes. Río Ubierna 12-14. 37003 Salamanca

Impreso en España

Impreso en papel 100 % procedente de bosques gestionados de acuerdo con
criterios de sostenibilidad.

Cualquier forma de reproducción, distribución, comunicación pública o transformación de
esta obra solo puede ser realizada con autorización de sus titulares, salvo excepción prevista
por la ley. Diríjase a CEDRO (Centro Español de Derechos Reprográficos, www.cedro.org) si
necesita fotocopiar o escanear algún fragmento de esta obra.

1

Restalló un disparo. *El hombre se agarrotó y jadeó, tratando de respirar.*

La niña que sostenía una concha en la cuenca de la mano la presionó contra sus finas costillas a la misma altura a la que el hombre que tenía delante se aferraba el pecho con una mano veteada de sangre. Ella cerró los ojos e intentó imaginarse la sensación que produce una bala al romper hueso.

El hombre que sangraba se precipitó hacia el interior de un garaje. Avanzó con dificultad por el suelo de cemento brillante de aceite.

Conteniendo la respiración, la niña oyó lo que más temía.

El sonido de unos pasos que se acercaban cada vez más. Tres hombres armados se detuvieron un instante a la entrada del garaje, formando con sus cuerpos una oscura silueta. El hombre que huía resbaló en el aceite, cayó, se puso de pie a duras penas, escudriñó frenético las negras sombras.

—¡Escóndete!

—Le van a disparar otra vez —dijo Cary.

—¡Cállate!

—Seguro —dijo Patrick—. ¡Lo van a atrapar!

Un pistolero alzó su arma y un destello brotó del cañón. Otras pistolas abrieron fuego. Una lluvia de casquillos salpicó el suelo. El hombre cayó de nuevo.

—¿Ves? Te lo dije, lo han matado —exclamó Cary con la respiración entrecortada.

—¡No está muerto! —La niña lo dijo casi chillando.

—Yo podría correr, aun sangrando de esa manera —dijo Patrick.

—Solo conseguirías que disparasen otra vez —dijo Cary—. Lo que tendría que hacer es fingir que está muerto.

Kathy probó a amortiguar su respiración, sin mover apenas el pecho, para que nadie pudiera darse cuenta de que seguía viva. Se quedaría allí tumbada, pensó, y esperaría a que los tres hombres se acercaran. Entonces cogería la barra esa de hierro y les daría con ella en las espinillas y, una vez derribados, les aplastaría la cabeza a golpes. Les aplastaría la cabeza a golpes y observaría cómo se les salían los sesos…

—¡Levanta! —Cary se retorció inquieto, se subió las gafas por el puente de la nariz y se rascó debajo de su camisa hawaiana con un dedo pequeño y regordete—. ¡Levanta, idiota!

—Tiene que hacerles creer que está muerto, tontaina —dijo Patrick.

Una criada rolliza con uniforme blanco se plantó entre los cinco niños y el telefilme a color.

—Aguacates, aparta tu culo gordo —gritó Patrick.

—¡Mirad! —exclamó Marti con un entusiasmo estridente. La niña de cuatro años se bajó con dificultad del sofá y sorteó a la criada para aproximarse al televisor—. ¡Ahora sí que lo van a matar de verdad!

Cary tiró de la niña hacia atrás y se adelantó en un intento de esquivar el uniforme blanco y poder ver la película. Aguacates trabajaba despacio, desplegando mesitas auxiliares con patas metálicas.

Patrick estiró las piernas, pateó con saña y no alcanzó a la criada por muy poco.

—Aguacates, ¡estás en medio otra vez!

—No te atreverías a hablarle así si supiera inglés —dijo Cary sin apartar la vista del televisor.

—O si papá y Paula estuvieran aquí —añadió Kathy lamiendo la concha.

—¡Kathy tiene razón! —se regodeó Cary.

—¡Cierra la boca, Bola de Sebo!

—¡Callaos los dos! —dijo Kathy.

—Tengo derecho a hablar —manifestó Patrick—. Están con los anuncios.

—¡Todos a callar! ¡A callar! —se quejó Marti.

Aguacates hizo un alto, se volvió hacia la pequeña e intentó acariciar con una mano morena la rubia cabecita. La niña se revolvió, rehuyendo el contacto.

Kathy miró de reojo a Sean, que todavía no había abierto la boca. El niño, que llevaba audífono, tiró del estampado a rayas marrones y blancas de una piel de cebra y se tapó las piernas desnudas. A diferencia de sus otros hermanos, Sean a menudo resultaba todo un misterio para Kathy. La niña rara vez sabía en qué estaba pensando.

—¡Que empieza! —gritó Patrick.

—¡Silencio todos! —ordenó Kathy, y tiró de la cintura elástica de su sudadera hasta que la palabra DIRECTOR se pudo leer claramente en letras negras de un lado a otro de su delgado pecho.

Sean, que no paraba de toquetearse un diente suelto con una mano bronceada, se echó hacia adelante junto con sus hermanos y hermanas para escuchar el aullido lejano de una sirena de policía.

Un gánster presionó la boca del cañón de su pistola contra la cabeza del hombre que sangraba.

El niño podía sentir el tacto del metal contra su propia sien, la fría superficie del suelo, el aceite bajo sus propias manos. Sus dedos buscaron a tientas el audífono.

9

Sean concluyó que los hombres armados con pistolas tendrían que huir tan pronto como oyeran la sirena. Lo malo era que, de todas formas, podían disparar al hombre que yacía en el suelo. A través de los boletines de guerra, se había enterado de que los soldados ejecutan a todos los habitantes de las aldeas para que no quede nadie que pueda decir quién ha pasado por allí. Con la misma claridad con la que veía la película que tenía delante, Sean recordó la imagen de un soldado estadounidense que, con un rifle cruzado en los brazos y de pie entre unos juncos que le llegaban por la cintura, contemplaba a sus pies a uno de esos aldeanos muertos. Con un golpe de bota, el soldado volteaba el cuerpo maniatado; la cabeza de negros cabellos se separaba rodando de los hombros.

La sirena de policía aulló más fuerte.

El hombre tendido en el suelo se retorció, agarró la barra de hierro y peleó por su vida.

Sonó un fuerte golpe metálico; Cary había derribado la bandeja de su mesita auxiliar.

—¡La poli! —Señaló con un dedo y levantó un pulgar menudo, transformada la mano en pistola—. ¡Pum! ¡Pum!

—¿Pero tú con quién vas? —espetó Patrick malhumorado.

La niña de la silla y sus tres hermanos se removieron y suspiraron con fastidio cuando Aguacates irrumpió de nuevo en el círculo para recoger la bandeja.

—¡Aparta, jolines! —gritó Patrick.

Marti se puso a dar saltitos con la mano encajada en la entrepierna.

—¡Mátalo! ¡Mátalo! —chilló con júbilo.

—¡Cierra la boca y ve al baño! —ordenó Kathy.

Marti hizo caso omiso de su hermana mayor.

—¡Aparta! —exclamó Patrick con un alarido.

Unos hombres uniformados entraron corriendo por la puerta, armas en ristre. Destellaron los disparos. Un agente se desplomó muerto. Los gánsteres se alejaron rápidamente del hombre que sangraba, que se puso de pie como pudo, tomó una pistola del agente asesinado y corrió tambaleándose tras el pistolero que lo había encañonado. El gánster subió por una escalera metálica que accedía a una pasarela colgante. El hombre que sangraba trepó con esfuerzo los peldaños de hierro. Resonaron disparos. El pistolero giró sobre sí mismo en la pasarela, se precipitó al vacío y cayó muerto al suelo.

—Muerto —anunció Kathy.

—Toma —se carcajeó Marti—. Lo han matado.

—Vaya peli más mala —dijo Cary.

—¿Os podéis callar de una vez? —ordenó Kathy.

Sean habló:

—Además, van a decir dónde habían escondido el dinero los gánsteres.

—¿Y eso qué importa? —bostezó Cary—. Marti, pon los dibujos animados.

Marti giró el dial.

Un gato, blandiendo un hacha, perseguía a un pequeño ratón por una casa, escaleras arriba, a través de la ventana y a lo largo del cable de un poste telefónico.

—¡Vuelve a poner la película!

Marti se puso a chillar.

—Solo hasta que se acabe —dijo Sean.

—Le quedan dos minutos —dijo Kathy.

—Dibujos animados no —dijo Patrick—. Yo quiero ver la peli de vaqueros.

—Yo quiero los dibujos animados —chilló Marti.

—Ya hemos visto dibujos animados toda la tarde —dijo Kathy con un suspiro de hartazgo.

Aguacates, que había terminado de disponer la bandeja de Cary para formar un semicírculo con las cinco mesitas delante del televisor, se dio la vuelta y recogió de la moqueta una toalla mojada. Echó un vistazo a su alrededor buscando más toallas de playa y cruzó una puerta corredera de cristal para salir a un patio.

Sobre el enladrillado, la criada mexicana encontró otra toalla, empapada y cargada de arena. Allí fuera, el fuerte oleaje agosteño de Malibú ahogaba el volumen creciente del aullido de la sirena de policía que puso fin al programa.

Por el patio, con su enorme barbacoa de obra y la mesa, las sillas y las tumbonas de playa pintadas de color chillón, yacían desperdigados bañadores llenos de arena y juguetes de plástico. La criada tiró las toallas y bañadores mojados en una pila junto a la puerta y empezó a reunir con una escoba los trastos de los niños Moss. Apoyó una colchoneta hinchable de lona y plástico contra un murete que separaba el patio de la arena y buscó a su alrededor las otras cuatro colchonetas que se habían convertido en su quebradero de cabeza diario.

Encontró tres de ellas en la blanda arena blanca delante de la casa. Las arrastró por encima del murete, se quitó los zapatos y caminó descalza hacia el océano en busca de la última. La fina arena todavía estaba cálida bajo sus pies y se paró a admirar la puesta de sol.

Los últimos rayos relumbraban en la orilla mojada, donde unas gaviotas blancas se encontraban posadas de cara al mar. En lo alto, unas nubes alargadas y perezosas, teñidas de rosa por el sol poniente, suavizaban la luz postrera del día. El aire olía fresco y limpio. Una tormenta tropical proveniente del sur había barrido la cargante humedad que se cernía sobre la zona meridional de California, despejando el cielo de bruma y contaminación. Ahora, en la última semana de agosto, las nubes altas rompían la racha de calor que hasta ese momento había abrasado las áridas colinas de Malibú.

Aguacates encontró la última colchoneta junto al agua y, mientras volvía a la casa con ella bajo el brazo, se fijó en una joven pareja muy bronceada que salió chapoteando entre las olas y echó a correr hasta el patio de la casa contigua. Los observó secarse con una gigantesca toalla azul y luego hundirse en una tumbona doble, mirando al mar. Aguacates observó al estadounidense abrir una caja y sacar un papelito blanco, que rellenó y lio. Sin apartar la vista del sol poniente, la chica sacó un brillante mechero de un bolso, encendió el cigarrillo, le dio una honda calada y se lo pasó al chico.

Desde la terraza de madera de una casa triangular de rutilante fachada acristalada, al otro costado de la casa blanca de los Moss, una melodía surcaba la arena. Hombres y mujeres ataviados de llamativos colores aceptaban copas de una criada negra. Estas personas también reflejaban la luz roja del atardecer mientras charlaban y bebían. La muchacha mexicana dejó que su mirada vagàra de la mujer negra a la otra casa, donde la bronceada joven de larga melena rubia se levantó de la tumbona y empezó a contonear su esbelto cuerpo al ritmo de la música. El chico del cigarrillo se pegó a ella para bailar bajo la puesta de sol.

Aguacates se metió la mano en el bolsillo y con un clic extinguió la música norteamericana. Las guitarras de sus queridos mariachis mexicanos brotaron del auricular conectado a un transistor a través de un cable que le colgaba del cuello. A veces, el cable se enredaba en los prietos rizos de su permanente casera, otras se enganchaba en el tirador de la puerta de la nevera, en la cocina, pero Aguacates habría soportado cualquier inconveniente, porque la diminuta radio era uno de los escasos placeres que le proporcionaba la solitaria vida en la casa de playa de los Moss. Absorta en su propia música, la criada pasó por encima del murete con la colchoneta, la dejó caer junto con las otras cuatro y entró en la sala de la televisión por la cristalera abierta.

Aguacates encontró a los cinco niños como los había dejado, viendo la tele. Se fijó en la película —jinetes en un desierto— al cruzar las puertas persiana de la sala; pasó del recibidor a la cocina, donde abrió un horno de gran tamaño y reculó ante el golpe de calor. En el interior brillaban al fondo cuatro cenas precocinadas para comer delante de la tele, burbujeantes todas y anidadas en bandejas de aluminio; las cuatro exactamente iguales, porciones idénticas de carne asada grisácea con un panecillo, guisantes arrugados y un pétreo puré de patata bajo papel de aluminio, todo ello embutido en pequeños compartimentos plateados estampados en el arrugado metal.

El quinto servicio de cena aguardaba sobre la encimera, cerca del horno y de una sartén humeante, donde Aguacates introdujo el pequeño filete limpio de grasa para Cary. Contempló chisporrotear la carne hasta que estuvo dorada; la sacó de la sartén y la colocó en el plato, permitiendo que el jugo gotease de manera indiscriminada sobre requesón, tomates y palitos de zanahoria.

Del horno sacó las bandejas de aluminio y las volcó en platos. En dos de ellos cortó la carne en pequeños dados con un cuchillo afilado. Estas cenas, junto con leche en vasos de cristal tallado, las colocó en un carrito de cocina que hizo rodar por el recibidor hasta la sala de la televisión.

La pantalla de rayos catódicos estaba ahora abarrotada de vecinos de un pueblo del Oeste que, tirando de una cuerda, arrastraban a un joven vaquero hacia el interior de una herrería.

Aguacates miró a los niños a su cargo y se plantó delante de los cuatro que estaban sentados en el sofá grande mientras iba colocando platos y vasos de leche sobre las bandejas metálicas. Se enderezó y permaneció quieta un instante antes de situar la última cena delante de la niña que ocupaba la silla Windsor. La pequeña de nueve años se retorció violentamente para esquivar a la criada, que le tapaba la vista, y murmuró entre dientes:

—¡Aguacates! ¿Por qué siempre tienes que ponerte en medio?

Si la criada, que no hablaba más de veinte palabras de inglés, captó el sentido del duro tono de la niña, no dio muestras de ello. No se esforzaba por entender el lenguaje de aquellos niños y, puesto que rara vez hablaba, los pequeños consideraban menos necesario aún entenderla a ella. Se retiró detrás del sofá para ver la película que los niños contemplaban fijamente.

Un joven vaquero suplicaba a sus captores y lanzó un grito cuando, sin mediar palabra, unos hombretones colocaron a la fuerza la mano en la que llevaba su pistola sobre un yunque.

Los cinco niños se echaron hacia delante. Aguacates no se movió.

El herrero del pueblo alzó la maza y la abatió con ganas.

2

—¡Eres tonta del culo, Aguacates! —Kathy escupió las palabras a la espalda de la criada mientras ella empujaba el carrito hacia la cocina.

Los niños habían empezado a llamar Aguacates a esta rolliza muchacha dos semanas después de su llegada, con una maleta de cartón, al principio del verano. Cuando la madre de los niños decidió que ya era hora de que la muchacha mexicana fuera sola a hacer la compra en el reluciente supermercado de Malibú, Graziela Montoya había regresado con dos docenas de aguacates. Todos y cada uno de los veinticuatro frutos con forma de pera y gruesa piel de caimán estaban duros al tacto, pero maduraron muy rápido y al mismo tiempo sobre el soleado alféizar de la ventana de la cocina, y la azorada muchacha, con tal de que no se pusieran malos, se comió los siete últimos de una sola tacada. Pasó dos días indispuesta en su dormitorio, en la parte trasera de la casa. Cuando se recuperó y pudo volver al trabajo, Graziela Montoya, natural de un pueblecito jalisciense de nombre impronunciable próximo a Guadalajara, se convirtió en Aguacates para los niños Moss.

Paula Moss consideraba a la muchacha mexicana bastante capaz y solo un poco rara. (Le hubiese gustado saber por qué Aguacates apartaba las barbas de maíz, las secaba y preparaba una infusión que luego se bebía. Y, por Dios, ¿qué hacía con todas las semillas de melón que almacenaba?) «Eso sí —le decía Paula a su marido—, al menos puedes contar con que está en casa.» Paula le explicó que la muchacha, por lo visto, solo conocía a otra criada en Malibú, con la que a veces iba a misa. Que ella supiese, las dos muchachas no libraban los mismos días, y la mayoría de las veces que a Aguacates le tocaba librar, se quedaba en su habitación. Su presencia indefectible dio a Paula suficiente seguridad para dejar a sus cinco retoños con Aguacates todo un fin de semana en junio y otros dos en julio, cuando ella y Marty viajaron a Palm Springs. La confianza del matrimonio en la muchacha mexicana resultó estar justificada. Aguacates incluso había exhibido cierta iniciativa. Como Cary tenía prohibido comer galletas, la muchacha había tendido un cordel con campanitas delante de las latas de galletas.

Antes de que los Moss embarcaran en su *jet* rumbo a Italia, Paula escribió una serie de detalladas instrucciones para la criada y niñera. Luego llevó la lista a Terry Nevins, la chica inglesa que trabajaba para el gestor de su marido. Terry había vivido en Mallorca desde pequeña y sabía español, de modo que tradujo las normas de Paula con una facilidad que la dejó pasmada. La secretaria garantizó a la esposa de su cliente que estaría encantada de pasarse de vez en cuando por la casa de la playa para comprobar que los niños y la criada estaban bien.

Esa noche de agosto, una copia de las instrucciones en papel calco colgaba en la cocina, medio enrollada por el calor estival, cerca del teléfono de la pared. La lista original estaba adherida con celo al espejo de la habitación de Aguacates, y la muchacha había seguido escrupulosamente una de las máximas de Paula: las cenas precocinadas no debían servirse jamás —«repito, jamás»— en sus recipientes de aluminio. La cena de los niños Moss *debía presentárseles siempre en platos de loza.*

Kathy ignoró el plato que tenía delante, se apartó de los ojos la larga melena aclarada por el sol y se agachó para coger la *Guía TV,* que estaba tirada debajo de su silla sobre la gruesa moqueta beis. Abrió la revista para consultar la programación de esa noche y con un bolígrafo fue tachando con cuidado los nombres de sus hermanos y de su hermana, que estaban escritos en el margen, junto a los programas. Kathy estaba muy orgullosa de su caligrafía; era la única de los cinco que dominaba este arte. Llamó a su hermano.

—Cary, te toca elegir programa.

—Ya lo he elegido.

—¿*En serio* sigues empeñado en ver esa tontada de ciencia ficción?

—¡Es lo que me he pedido!

—Pero ya lo hemos visto.

Cary, acolchado con nueve kilos más de grasa que un niño normal de ocho años, levantó la vista de su cena de dieta. La tira de carne magra poco hecha que agarraban sus dedos grasientos goteó sangre roja en su amplia camisa hawaiana mientras miraba a Kathy por encima de la montura de sus gafas.

—Me toca a mí y he elegido ciencia ficción. ¡Es como hemos repartido los programas esta mañana!

Un cohete plateado surcaba el silencioso espacio sideral; una lluvia de meteoritos destelló de manera fugaz.

Cary se sentía completamente ingrávido en la cápsula presurizada.

—Cary, ¡este capítulo lo hemos visto *millones* de veces!

Patrick Moss metió una uña sucia en un montoncito de cubitos de carne y lo removió para mezclarlo con el puré de patata. Mientras se chupaba la mezcla del dedo, le murmuró a Cary:

—No te fíes de ella. Siempre dice lo mismo cuando intenta poner el programa que a ella le gusta.

—¡Mentira! Y no te metas, Patrick Moss. Esto es entre Cary y yo.

El niño mascó y se encogió de hombros con un gesto de indiferencia ante lo inevitable. De algún modo, ella se saldría con la suya; siempre era así. Patrick se giró, buscando a la criada. Su carne estaba cortada en trocitos, igual que la de su hermana pequeña, Marti, y estaba molesto y ofendido.

—¡Aguacates!

Gritó fuerte para que se le oyese en la cocina, donde sabía que ella estaría preparándose la cena.

—Aguacates, como vuelvas a servirme la carne en trocitos te voy a cortar yo a ti en rodajas. —Se volvió hacia Kathy—. Dile a la señorita Nevins que le diga que ya sé cortarme la carne yo solito, ¿quieres?

Patrick miró su plato y simuló que escupía sin parar alguna clase de comida repugnante. Alargó la mano para coger el bollito de pan, pero ya no estaba allí. Se giró al instante hacia Cary. Conforme el último pedazo de pan desaparecía en su boca, Cary se sacudió las migas de la pechera de la camisa.

—Serás gorrón, Bola de Sebo, ¡me has robado el pan!

Patrick iba a lanzar otro grito cuando Kathy saltó de la silla Windsor y se plantó delante del niño.

—¡Escúpelo!

Cary se apresuró a tragarse el panecillo.

—¡Les prometiste a mamá y a Marty que seguirías la dieta!

Cary bajó la vista, pinzó con los dedos una lasca de corteza de la camisa y se la metió en la boca. La mordisqueó con los dientes de delante, pero no se atrevió a mirar a su hermana.

—Solo te engañas a ti mismo, lo sabes, ¿no?

Cary lanzó un suspiro para disipar su vulnerabilidad.

—¿Y qué quieres que haga si tengo hambre? ¡A los demás os dan de comer lo que os apetece!

Por fin levantó la vista hacia su hermana, pero Kathy ya había regresado a su silla y a la televisión, y cambió de canal con el mando a distancia.

—¡Como ha hecho trampas, Bola de Sebo se queda sin ver el programa de ciencia ficción!

Patrick, que se había quedado sin pan, se carcajeó con saña.

Cary sabía que no servía de nada pelearse con su hermana mayor: si le plantaba cara, lo único que conseguía era que ella se burlase sin tregua ni piedad de su gordura.

Sean, que se desentendía de la pelea entre su hermanastra y su hermanastro, repartía su atención entre el televisor y un pequeño bloc de notas de color negro. El cuaderno abierto mostraba un diagrama de un castillo cuidadosamente dibujado. Las murallas, el foso y las almenas estaban etiquetados con letras mayúsculas caligrafiadas con precisión. Sean todavía no había aprendido a escribir seguido, pero las mayúsculas las dominaba mejor que cualquier otro niño de su clase de tercero.

Sean apartó la cena a un lado y apoyó el cuaderno sobre la bandeja para esbozar con suma meticulosidad una bandera en el torreón más alto. Marti, la niña de cuatro años, se aburrió de ver un anuncio en el que un fontanero rascaba un fregadero oxidado y trepó al regazo de Sean. Este, que había estado a punto de apartarla, cambió de parecer y la ayudó a ponerse cómoda. Los ojos grises de Marti miraron a Sean desde abajo, y por la que debía de ser la enésima vez aquella semana, la niña le rogó:

—Háblame del castillo.

Sean sabía que Marti no se daría por vencida hasta que él no le describiese cómo planeaba construir el enorme castillo en la playa delante de su casa. Marti era la única de todos los niños Moss que mostraba un interés genuino en el proyecto de Sean. Aunque solo tenía cuatro años y medio, era plenamente consciente de que su hermano mayor no sería capaz de negarle lo que le pedía. Siempre que Marti quería que le hicieran caso, siempre que necesitaba sentarse en el regazo de alguien, buscaba a Sean y le preguntaba por el castillo.

Cuando Marti hablaba con su hermano, lo miraba directamente a la cara. Los otros niños olvidaban a menudo que en el oído izquierdo de Sean se alojaba un diminuto audífono que el niño solía desconectar. A Marti le fascinaba el aparatito y había aprendido a esperar a que las reacciones de Sean le revelasen que la estaba oyendo.

En la cocina, Aguacates picaba cebollas y se disponía a calentar los frijoles refritos del día anterior para cenar. Mientras traspasaba la pasta rojiza a un cazo con un cucharón, se puso a desenrollar los rulos de los apretados rizos de su lustrosa cabellera negra. Fue a su habitación, se peinó los rizos y regresó cuando los frijoles ya calientes burbujeaban al fuego. Vertió su cena en un plato, la espolvoreó con las cebollas picadas y fue a la sala de la televisión.

Sentada en la silla del escritorio de caoba de Marty Moss, Aguacates comía frijoles a cucharadas con la mirada clavada más allá de los niños, recortados en silueta ante el resplandor del telefilme.

Unos caballos tronaban en el desierto.

Se levantó para echar un vistazo a las bandejas por encima del sofá. Los otros niños habían terminado de comer, pero Patrick seguía revolviendo el puré de patata en su plato. A la criada le asombraba lo distintos que eran él y Sean. Los dos hermanos compartían el oscuro bronceado de su padre, ambos tenían el pelo rubio y rizado y los ojos azules, pero mientras que Sean parecía alto para su edad, Patrick era bajo y musculoso. Aguacates casi nunca había visto al más alto de los dos pelearse con nadie, ni siquiera con Patrick, que se agitaba con facilidad y a menudo tenía arranques de ira. Sean nunca le daba problemas a Aguacates. Mientras comía sus frijoles, dio gracias a la Virgen por que al menos uno de los niños fuera tranquilo.

Aguacates terminó su cena, sacó un peine de púa del bolsillo y se acercó para intentar apartarle a Marti el pelo de los ojos. La muchacha había llegado a Estados Unidos con el temor de que cualquier niño que viese la tele con el pelo delante de los ojos corría el riesgo de quedarse ciego tarde o temprano, para siempre. Marti, enojada con Aguacates por interferir con los vaqueros de la televisión, apartó de un manotazo el peine.

—¡No! ¡No! ¡No!

Los chillidos de la niña encolerizaron a la criada, que señaló primero la leche intacta y luego la película. El mensaje estaba claro: o se bebía la leche o se quedaba sin televisión.

Marti no hizo caso, pero Cary, a su izquierda, le recordó a la niña lo que sucedería si no se bebía toda la leche.

—Más te vale, si no quieres que Aguacates te mande directa a la cama —dijo sin molestarse ni un poco en disimular el regocijo que le producía su propio augurio.

Tras dedicar una mueca de repugnancia a la criada, que seguía de pie detrás del sofá, Marti agarró el vaso, derramó un buen salpicón sobre la moqueta y se bebió el resto.

Envalentonada por su triunfo, la criada fue hasta la silla, le dio a Kathy unas palmaditas en el hombro y señaló los guisantes arrugados del plato.

—Yo no tengo que obedecer tus órdenes —dijo Kathy de manera hosca.

La criada se dio por vencida y comenzó a retirar los platos y los vasos y a colocarlos de nuevo en el carrito. Plegó las mesitas de las bandejas, limpió la leche derramada de Marti con una servilleta de papel y volvió a la cocina.

Bajo un sol abrasador, unos bandidos derribaron al cochero del pescante de la diligencia. Las ruedas patinaron sobre la grava suelta, el carruaje se salió del camino y se precipitó por un profundo cañón. Los pasajeros gritaron.

Patrick sonrió.

Aguacates salió al recibidor desde su habitación vestida con una falda negra y una vaporosa blusa blanca con ribetes de encaje. Se llevó las manos a la nuca y abrochó el cierre de un collar de rutilantes cuentas de cristal. Hizo un alto ante el espejo del aseo del recibidor para atusarse el pelo. La uña de un dedo pulió el perfilado de su pintalabios.

En la cocina consultó su reloj, contrastó la hora con la del reloj de la pared y salió por la puerta trasera hasta la verja. Se asomó a la oscura calle que discurría delante de los garajes de la Colonia Malibú y vio Cadillacs, Lincolns, Bentleys, Imperials y rancheras aparcados junto a la acera, vehículos demasiado largos para encajar en los garajes diseñados entre treinta y cuarenta años atrás. Tras atusarse el pelo otra vez, regresó por la cocina al interior de la oscura casa y al resplandor de la tele a color.

En la sala de la televisión, Aguacates se sentó en la silla del escritorio. Se quedó viendo la película unos minutos.

Un hombre y una mujer forcejeaban por hacerse con una tostadora rota.

Como era incapaz de relacionar las acciones con los violentos estallidos de risa, apartó la vista de la pantalla y miró el escritorio del señor Moss. Un clip bañado en oro de más de un palmo de largo sujetaba un fajo de correspondencia.

La muchacha siempre se sentía incómoda en aquella estancia que el señor Moss usaba como su despacho y cubil. Las lanzas tribales, los garrotes, el armero junto a su escritorio, las hachas indias del rincón, las máscaras africanas, la cabeza de jaguar con las fauces abiertas, incluso la piel de leopardo sobre la silla eran objetos que, como ella sabía, provenían de sus viajes, prueba de que llevaba una vida emocionante como productor de cine y televisión.

A la señora Moss no le faltaba representación en la sala. Un Oscar de la Academia destellaba en la repisa de la chimenea junto a una fotografía que inmortalizaba el momento en que Paula Moss fue elegida Mejor Actriz de Reparto. Sobre el escritorio de su marido se cernía su sonriente retrato al óleo.

Marty Moss posaba en un marco junto a un pez vela bocabajo, con los pesqueros de la flota de Guaymas al fondo. El propio pescado brillaba ahora en una placa y reflejaba, junto con el galardón de Paula, los vivos colores del telefilme.

Aguacates deslizó la puerta cristalera cubierta de salpicaduras de sal seca y miró hacia la playa. En la oscuridad, el cielo y el mar se fundían en uno. Las olas resonaban como tambores. Volvió a correr el cristal, aunque sin cerrarlo del todo, y cruzó la sala hasta la silla del escritorio, donde se ahuecó el pelo y se sentó a esperar.

—¿Por qué va tan arreglada? —preguntó Patrick.

—No seas tonto del culo —repuso Kathy—. Lo sabes de sobra.

Patrick se giró en el sofá para mirar con descaro a la mujer, recordando que un par de noches atrás ella se había perfumado antes de que todos se acostasen.

La criada sonrió al niño y, al ver que él seguía mirándola fijamente, soltó una risita y apartó la vista. Se levantó para examinar de cerca las hileras de fotografías con marcos negros. Las miró de una en una. El señor Moss junto a una cámara enorme. La señora Moss, con un ajustado atuendo de mujer circense, extendía los brazos mientras un elefante la sostenía en el aire. El señor Moss posando con su rifle y un ciervo muerto. La señora Moss en brazos de un hombre con el pelo cortado al rape. El señor Moss, muy joven y flaco y aún con pelo, levantando la vista hacia un alto vaquero. En un marco de caja había un corazón sobre terciopelo blanco, no un corazón religioso como los que se pueden ver en una iglesia, sino un corazón púrpura. Leyó la inscripción. «Saint-Lô, Francia, 1944.»

La muchacha mexicana se atusó el pelo otra vez, cruzó la estancia hasta la cristalera abierta y oteó la noche.

—Patrick Moss, ¡quita eso!

La niña saltó de su silla y empezó a forcejear con el fornido niño para quitarle el mando. Cuando logró arrebatárselo de la mano, Patrick pidió ayuda a Sean.

Sean no levantó la vista del cuaderno negro.

—¿No le tocaba a Patrick ver su peli de misterio?

Kathy blandió la *Guía TV*.

—Compruébalo tú mismo. ¡Tenemos marcada la comedia!

Sean no protestó más. Cada vez que su hermana se levantaba de un salto y se ponía a chillar, el niño callaba. Pero Kathy no iba a aceptar su silencio esta vez. Abrió la revista, apuntó con un dedo la programación y se la plantó delante de la cara.

—¿Lo ves? ¡La de misterio ya está tachada!

Rojo de ira, Patrick se arrellanó contra los cojines en su sitio, al otro extremo del sofá, y se cruzó de brazos.

—Llegamos a un acuerdo cuando llegó la *Guía TV* —secundó Cary, como lugarteniente de Kathy—. ¿Vas a cambiar las reglas ahora?

—¡Cierra el pico, Bola de Sebo!

Patrick respiró hondo y, de un salto, se levantó del sofá y fue a asomarse a la ventana. Estaba furioso y quería demostrarlo mirando a cualquier punto de la estancia que no fuera la película. Las carcajadas que brotaban del televisor no tardaron en atraerlo de nuevo a su sitio en el sofá.

Las risotadas y los carcajeos calmaron a los niños, que sonreían y de vez en cuando soltaban alguna risita. Aguacates miraba el reloj cada vez con más frecuencia mientras iba y venía de la puerta corredera y se asomaba al patio y a la noche circundante.

La comedia finalizó. Sonó música.

Dos coches se perseguían frenéticos por un puerto de montaña.

Los niños olvidaron las risas y contuvieron la respiración en silencio cuando escucharon unos golpecitos en la cristalera que daba al patio. Se volvieron y vieron a Aguacates dirigirse a la oscura puerta corredera desde donde el rostro de un joven atisbaba el interior.

A pesar de la penumbra que reinaba en el patio, los niños pudieron ver que el joven tenía el pelo y los ojos tan negros como los de Aguacates; su tez era del mismo tono cobrizo. Llevaba una almidonada chaqueta blanca de ayudante de camarero con una pajarita negra de clip al cuello. Aguacates abrió la cristalera y soltó un grito ahogado cuando la luz iluminó el rostro del joven. Un ojo inyectado en sangre asomaba entre unos párpados hinchados y amoratados. Tres puntos de sutura tiraban del borde exterior del ojo hacia un pómulo excoriado y rojo. La criada alargó una mano, pero se detuvo, sin atreverse a tocar la herida.

El hombre murmuró algo en español y sonrió.

Para tranquilizar a la muchacha, el camarero se sacó del bolsillo unos recortes de periódico. Kathy, la que más cerca estaba de la cristalera, se inclinó hacia delante en la silla Windsor para ver lo que tenía el intruso en la mano. Se dirigió a los demás con un susurro.

—Es una foto suya... boxeando.

Al escuchar las palabras de la niña, el amigo de Aguacates sonrió y asintió, gustoso de poder repetírselas a la criada.

—*Sí.*[1] Boxeando.

Siguió hablando en español mientras se acariciaba con un dedo su fino bigotillo. Cuando lo oyeron mencionar Tijuana, la ciudad fronteriza mexicana, Kathy y los chicos comprendieron dónde había peleado el hombre.

Por fin Aguacates palpó con delicadeza el ojo contusionado, y el joven le pasó un brazo por la cintura. Ella soltó una risita, se apartó y lanzó una mirada a los niños para indicar que los estaban viendo. La sonrisa del hombre se esfumó y su rostro adoptó un gesto serio cuando volvió a hablar, esta vez con la mirada clavada en los cinco. Era evidente que le estaba diciendo a Aguacates que sacara a los niños de la habitación. Una vez dada la orden a su chica, dio media vuelta, plegó los recortes para metérselos de nuevo en el bolsillo y pasó los dedos a lo largo del gran armero de nogal cerrado a cal y canto detrás del escritorio de Marty Moss. A través del cristal y los barrotes, escudriñó una escopeta Franchi de cañones superpuestos y un rifle calibre .300 H&H Magnum con mira telescópica. En la base del armario alcanzó a ver herramientas de limpieza y cajas de munición. Una pistola dentro de su funda exhibía el emblema de Smith & Wesson en la empuñadura. Sacudió la manilla del armero e intentó forzar la puerta con una medalla religiosa que llevaba colgada del cuello. La cerradura resistió, y él dio la espalda a las armas y salió de la sala.

1. En español en el original. *(Todas las notas son de la traductora.)*

La rolliza muchacha se apostó con sorprendente rapidez entre los niños y el televisor. Un clic hizo que la brillante imagen se desvaneciera.

Marti empezó a gritar con unos chillidos cada vez más agudos.

Los ojos de Cary escrutaron a su hermana. Esperaba que Kathy los liderase, pero la niña permaneció callada, aferrada con sus bronceadas manos a los reposabrazos de la silla con tal fuerza que los nudillos perdieron todo su color. Miró con frialdad a la criada.

Patrick saltó del sofá y volvió a poner la película. Una música de persecución llenó la habitación.

Aguacates devolvió al niño al sofá de un furioso empujón y, de nuevo, hizo que luz y sonido se desvanecieran. Habló con una hostilidad a la que no tenía acostumbrados a los niños. Lo hizo en español, pero el mensaje quedó claro. Los estaba mandando a los cinco a la cama. Señaló a la puerta, a las escaleras que había tras ella y hacia arriba. Los gritos de protesta de Marti se tornaron más agudos mientras cada uno de los otros niños se preparaba para hacer frente a la criada. Cary se acurrucó todo lo que pudo en el sofá. Nadie lo movería de allí. Patrick se enderezó con actitud ofensiva y de un salto se plantó delante de la mujer.

—¡No puedes decirnos lo que tenemos que hacer en nuestra propia casa! —gritó.

—¡No es justo! —dijo Sean.

—¡Dile a *ese* que se largue! —le chilló Kathy a la criada, pero enmudeció cuando vio los ojos de Aguacates desviarse hacia la puerta.

Sin dejar de observarlos, el joven mexicano apoyó con suma precisión la chapa de una botella de cerveza danesa en el brazo de madera de una silla, presionó hacia abajo y la hizo saltar por los aires. Dio un buen trago a la botella y dejó que la cerveza helada se deslizara por su garganta. Con el dorso de la mano se restregó la espuma del bigote.

—Cary —siseó Patrick—. Tú estás más cerca. ¡Vuelve a encender el televisor!

El joven de la cerveza le lanzó una mirada y negó con la cabeza muy despacio. Dibujó un amplio arco con la botella, indicándole a Aguacates que sacara a los niños de la sala.

Patrick dio un paso hacia el hombre de la puerta, enderezó los hombros y levantó los puños. Él esbozó una sonrisa levantando el bigote.

—Anda, ¡otro boxeador! —El mexicano apoyó la botella sobre el televisor, ladeó un hombro y se puso en posición de pelea. Alzó las palmas y las movió, azuzando al niño—: ¡Vamos, Pulguín!

Sin bajar los puños y al más puro estilo de un boxeador, Patrick ejecutó unos pasos delante de su oponente, que sonrió e imitó el baile del niño. De repente, Patrick lanzó un puñetazo con todas sus fuerzas. Sin despeinarse, el hombre apartó el derechazo con una mano. El niño reculó, hundió la cabeza entre los hombros, repitió el baile de pies y lanzó un golpe con la izquierda, que intentó seguir con otro de la derecha. Aunque el mexicano era bajito, despejó todas las arremetidas mientras sus hombros temblaban de risa contenida. Patrick, consciente de que sus hermanos y sus hermanas observaban cada uno de sus movimientos, no quiso retirarse y siguió plantando pelea. El mexicano siguió danzando con los puños recogidos y riéndose, hasta que al final liberó la mano derecha con la palma abierta, lanzando un durísimo golpe, un golpe que alcanzó al niño de lleno en un lado de la cabeza. Aturdido, Patrick se lo quedó mirando en silencio durante un instante; luego dio media vuelta y salió corriendo por la puerta. Los otros cuatro niños lo oyeron romper a llorar mientras subía las escaleras ruidosamente.

El mexicano miró uno por uno a los demás niños con su contusionado ojo inyectado en sangre y sonrió otra vez, pero con hostilidad. Kathy, Marti y Cary ya se habían apartado del televisor y estaban reculando hacia la puerta cuando el hombre agarró a Sean y lo lanzó de un empellón hacia las puertas persiana, para que siguiera a su hermano y a sus hermanas.

—Patrick tiene tele en su dormitorio —gritó Cary mientras los cuatro remontaban a toda velocidad las escaleras enmoquetadas.

Aguacates le hizo un gesto de advertencia al joven, que volvió a coger su cerveza. Le indicó que volvería enseguida y se dirigió apresuradamente a la habitación de Patrick.

La criada encontró a los cinco apiñados delante de un televisor portátil en blanco y negro del que brotaba la misma música de persecución que había llenado la sala de la televisión. Mientras gritaba órdenes en español a diestro y siniestro, agarró el pequeño aparato y lo desenchufó de un tirón. Hizo desfilar a los niños hasta los cuartos de baño y fue plantando cepillos de dientes en las manos.

A los diez minutos, todos estaban en la cama a su pesar. Las rabietas y los llantos empezaron a calmarse.

El silencio se iba instalando poco a poco en la casa cuando Aguacates se reunió en el recibidor con su joven amigo, que volvía de la cocina con dos botellas de cerveza y sendos vasos.

En la sala de la televisión, el bigote del hombre casi desapareció por encima de su enorme sonrisa mientras servía una cerveza y se la tendía a la muchacha, que se recolocó las cuentas de cristal sobre su abultado pecho. El mexicano se deshizo de la pajarita de un tirón, se quitó la chaquetilla para quedarse en camiseta, fue al televisor y sintonizó el canal Tijuana en la pantalla. Al son de una melodía familiar para ambos, compartieron una sonrisa y un trago y luego él la tomó de la mano y la condujo a la piel de cebra extendida sobre el sofá. Sus brazos rodearon la cintura de Aguacates, pero ella frunció el ceño y se apartó. La sonrisa del joven se desvaneció, pero cuando Aguacates metió la mano en su bolsillo y sacó una llave prendida a un cordón de cuero para cerrar las puertas persiana, la sonrisa retornó más amplia que nunca, y él extendió la mano.

Los niños se reunieron en el descansillo de la primera planta. Reclamando silencio con un dedo en los labios, Kathy lideró de puntillas a los cuatro niños escalones abajo.

Cary se adelantó y cruzó corriendo el recibidor para ser el primero en atisbar entre las lamas de la doble puerta persiana. El niño probó a abrir el pomo.

—Cerrado —susurró.

—¡Shhh! —advirtió Kathy.

Los otros cuatro se apretaron contra las puertas para escudriñar a través de las lamas sueltas.

—Se están besando —dijo Kathy con la respiración entrecortada.

—Mira lo que le está haciendo él —dijo Patrick—. No es un boxeador, ¡es un jeta!

—¡Shhh!

En silencio, los cinco observaron al joven tomar a Aguacates en sus brazos. Sonaba una suave melodía latina, pero por encima de la música se elevaba el sonido de una respiración agitada. Aguacates soltó una risita.

—No paran de besarse —susurró Kathy—. Igual que en la tele, solo que más tiempo.

—Mira —dijo Cary sorprendido—. El Jeta. ¡Le está quitando la blusa!

En la sala de la televisión se alargó un brazo y, con un clic, desaparecieron el pálido resplandor de la pantalla y la música. Los niños escucharon jadeos en la oscuridad.

3

La vasta quietud de la tarde estival pareció más silenciosa, más vacía de todo salvo el mar y el cielo azul de agosto cuando un avión plateado destelló en lo alto y cruzó el horizonte con un zumbido. La otra mitad del orbe bajo el cielo, el azul más oscuro del océano, solo rompía el sosiego al desplegarse en largas ondas de blanca espuma sobre la arena de Malibú.

Los cuatro niños Moss chapoteaban entre las olas; eran los únicos bañistas frente a la blanca casa de playa. En una elevación sobre la oscura orilla mojada donde la arena brillaba blanca y seca, una manta cubría a Aguacates y a su joven amigo. Una mano morena tiró de la manta y cubrió sus cabezas entre risitas y murmullos, y la colchoneta hinchable sobre la que yacían se meció con suavidad. Algo más arriba, pasada la línea de pleamar, donde la arena resplandecía bajo el sol con un blanco cegador, Sean había sacado su cuaderno del bolsillo de unos vaqueros gastados y recortados. De otro bolsillo extrajo una cinta métrica de metal y desplegó la brillante serpentina para marcar una medida sobre una extensión de arena nivelada. En ángulo recto con la marca, realizó otra medida con la determinación y el esmero de un perito capaz de erigir en su mente una gran estructura allí donde para otros solo existe el vacío.

Un transistor radiaba su música enlatada al lado de la pareja oculta bajo la manta. La colchoneta se sacudió y, de repente, una mano morena retiró el cobertor y los dos protegieron sus ojos del fulgurante sol de agosto. El Jeta rio y tendió una botella marrón a Aguacates, que aceptó la cerveza fría y la inclinó con solemnidad para echar un largo trago helado. Soltó una risita de placer mientras se restregaba la boca con el dorso de la mano. La mano se aventuró sobre el hombro del Jeta, y Aguacates permitió que el hombre pegara su cuerpo al de ella y echara de nuevo la manta sobre sus cabezas.

En el cielo, arriba en lo alto, el zumbido del avión se fue apagando hasta desaparecer. Tan solo la radio de Aguacates y la cadencia constante de las olas rompían el silencio en la perezosa tarde.

Los tres que estaban bañándose, relucientes de agua y destellantes de sol, se revolcaban y surcaban las olas. Marti canturreaba alegremente para sí.

Absorto en su proyecto, Sean extendió la cinta métrica al máximo para comprobar otra vez el trazado de un muro que se levantaba en su mente. Recorrió a gatas la extensión de la cinta, se puso de pie y contempló desde lo alto su futuro castillo.

La manta que cubría a Aguacates y al Jeta sobre la colchoneta apenas se movía mientras el locutor parloteaba sin cesar en español.

Transcurrió otra hora bajo el sol de agosto.

El azul intenso del océano se tornó más oscuro. Las crestas blancas rompían más blancas que nunca y un sol anaranjado prestaba a la arena una pátina ambarina.

Una mano emergió de debajo de la manta y apagó la radio. El Jeta retiró la manta, guiñó los ojos contra el sol y se incorporó para quedarse sentado. Se echó hacia delante para embutirse unos zapatos negros de piel terminados en punta. Aguacates yacía bocarriba haciéndose pantalla con la mano sobre los ojos. El Jeta se levantó, prendió la pajarita bien centrada en el cuello blanco, metió los brazos en la almidonada chaquetilla y se sacudió la arena. Con una risotada, espolvoreó granos sobre la mujer. Aguacates soltó una risa tonta. El Jeta le dirigió una sonrisa cómplice a la muchacha que estaba tendida a sus pies. Ella dio un último trago a la cerveza y dejó que la botella marrón saliera rodando de la colchoneta. Extendió un brazo rollizo y una mano, meneando unos dedos cortos y delicados. ¿Tenía que volver al restaurante a trabajar su *querido*?[2]

El Jeta se alisó el lustroso pelo negro con una mano y se repasó el bigote desgreñado con un dedo. Tomó la mano levantada de Aguacates, se inclinó para besarle la parte interior del codo y hundió la cabeza para besarle el cuello y el redondeado nacimiento de los senos, que se hincharon bajo el uniforme desabrochado.

La mano de la mujer se demoró en el brazo de él, suplicándole que se quedara, pero el Jeta se dio la vuelta y, tomando el camino que su larga sombra proyectaba ante él, echó a andar por la blanda arena hacia el restaurante Marlin.

En la rompiente, Kathy llamó la atención de Cary y Patrick para que mirasen hacia la playa.

—Miradla. Ahora se va a echar a dormir.

Tal y como predijo Kathy, una mano morena tiró de la manta para cubrir los rollizos hombros morenos y Aguacates se acurrucó sobre la colchoneta hinchable, desplazando su peso de un lado a otro para encontrar la postura más cómoda.

Patrick braceó hacia la orilla.

—¡Marti! ¡Marti, mira! El Jeta se ha ido. Acércate corriendo a Aguacates antes de que se duerma y consigue la llave de la sala de la tele.

Marti, que estaba rebozada de arena, enterró los dedos de los pies en la orilla mojada. Se volvió y miró hacia las olas, donde

2. En español en el original.

estaban los otros tres. La niña sepultó los pies más profundamente en la arena.

Kathy elevó la voz.

—Marti. Ve a pedirle la llave a Aguacates.

La pequeña ignoró la orden; era evidente que la sensación que le producían las olas deslizándose entre sus pies y por la arena mojada le resultaba irresistible.

—De todas formas —dijo Cary—, Aguacates no se la va a dar.

—¿Y cómo lo sabes? —preguntó Kathy.

Cary remó sobre su colchoneta para situarse junto a Kathy y Patrick.

—Lo sé porque Paula y papá le dijeron que nada de tele durante el día.

—Papá no le dijo que nos cerrase la puerta con llave —dijo Patrick.

—¿Y qué? —dijo Cary—. Aun así no nos la dará.

—¡Sois tontos del culo! —dijo Kathy con el tono de superioridad que había ido adoptando a lo largo del verano.

Patrick y Cary miraron a su hermana, tan flaca, que se apartó varios mechones de pelo mojado de los ojos para observar a la mujer de la playa.

—No podrá negarnos la tele si le decimos que ponen uno de los programas de Marty. Marty le pidió a mamá que escribiera eso en la lista. ¡Tenemos permiso para ver *todos* sus programas!

—Pero ya has visto la *Guía TV* —protestó Patrick—. Hoy no reponen ninguno de los programas de papá.

—Mira que sois tontos del culo, en serio, un poco más y no nacéis. ¿Creéis que si decimos «televisión» y «padre» va a darle más vueltas?

—Son casi las seis —anunció Patrick, exhibiendo un brazo moreno con un reloj sumergible para constatar su afirmación. El niño estaba tan orgulloso de saber leer la hora como de ser propietario de aquel reloj de buceo.

—¡La peli de las seis! —dijo Cary con zozobra.

—De un tipo que va a la cárcel por un crimen que no ha cometido —dijo Kathy.

—Esa ya la han puesto —dijo Patrick.

Kathy se encogió de hombros.

—Me da lo mismo. *Me encanta* esa película.

—Vamos —dijo Patrick, y con un par de potentes remadas lanzó su colchoneta por la curva de una ola a punto de romper para alcanzar la orilla.

Incluso Marti abandonó la arena mojada y se tambaleó tras sus hermanos y su hermana en dirección a la mujer bajo la manta.

Cary recogió sus gafas de sol de encima de una toalla y se apresuró a seguirlos a los tres.

Aguacates se meneó, apartó la manta a un lado y se colocó bocarriba, cual gato disfrutando de los últimos rayos de sol.

Cuatro sombras se proyectaron sobre su cuerpo rollizo.

Kathy habló.

—¡Nuestro padre te dijo que podíamos ver *todos* sus programas en la tele!

Cary asentía con la cabeza, corroborando la afirmación de su hermana, mientras sacaba brillo a las gafas de sol con la toalla.

¿Estaba dormida la mujer de la colchoneta?

Cary se encajó las gafas y habló con voz quejumbrosa.

—No ha entendido ni una palabra de lo que le acabas de decir.

—Entiende cuando le interesa —manifestó Kathy. Para demostrar su liderazgo ante sus hermanos, pateó la arena para rociar con ella el uniforme blanco de la criada—. ¡Danos la llave de la sala de la tele! *¡Ahora!*

—¿Ves? —dijo Cary—. Te lo he dicho. No se entera.

Kathy se agachó y tiró de la falda blanca de la mujer.

—Despierta y danos la llave. *¡Ahora mismo!*

Aguacates se giró y se puso de costado.

—¡Levanta, idiota! —La voz de Kathy era estridente.

—¡Se lo prometiste a nuestro padre! —chilló Cary.

La pequeña Marti contemplaba muda aquel ataque al mundo adulto. Sus grandes ojos grises escrutaron el semblante de su hermana mayor.

—Tiene la llave en el bolsillo —dijo Cary.

—Está borracha —dijo Patrick.

—¡La llave! —chilló Kathy. Pero la mujer que tenían delante yacía inmóvil, y la niña se volvió hacia sus hermanos—. Levantadla. —Patrick y Cary miraron primero a su hermana y luego a la mujer tumbada en la colchoneta—. No os quedéis ahí pasmados. ¡Levantadla para que yo pueda coger la puñetera llave!

Los niños no se movieron.

—Cary, ¡agárrala del brazo! Patrick, ¡tú cógela por el otro!

Mientras los hermanos obedecían con cierta vacilación la orden de su hermana de lidiar con la fofa carne morena de la criada, a Marti le entró un ataque de risa. Los niños forcejearon, pero no consiguieron despegar a la niñera más de unos centímetros de la colchoneta.

—¡Tirad más fuerte! —gritó Kathy.

Marti se adelantó corriendo para ayudar a Cary.

Kathy, en un alarde de osadía, deslizó la mano con cautela por el uniforme blanco para sacar la llave del bolsillo de la mujer.

—Date prisa —dijo Patrick.

—Tú calla la boca —espetó Kathy.

Cary dio un paso atrás y se quitó las gafas para sacudir la arena de las lentes.

—No podemos.

—Agarra la cuerda de la colchoneta —gritó Patrick—. ¡La arrastraremos hasta el mar! ¡Así seguro que se despierta!

Cary y Marti se volvieron hacia su hermana en busca de una reacción. Miraron a la niña fijamente. ¿Se atrevería a secundar la orden de Patrick?

La mano de Kathy apartó unos mechones de su cara.

—Adelante, Patrick. Tú y Cary coged la cuerda. Yo empujo por detrás.

Los niños tiraron de la cuerda, Kathy empujó y la colchoneta, con su imperturbable bulto de carne uniformado de blanco, empezó a deslizarse lentamente por la pendiente de arena.

Marti lanzaba grititos de sorpresa y asombro.

—Parad un momento —dijo Kathy. Volvió a despegarse un mechón de pelo del espeso bálsamo protector que llevaba en la nariz y se giró para llamar al niño de ocho años que trabajaba en el castillo de arena—. ¡Sean! —Miró a Patrick—. ¿No nos oye o qué?

Patrick elevó la voz, gritó.

—¡Vamos a darle un chapuzón a Aguacates!

Cary encorvó los hombros con una risita.

De pie junto a sus mediciones para los cimientos del futuro castillo, Sean soltó la cinta métrica, que se enrolló con un chasquido en su caja de latón. Tras echar un último vistazo al solar en obras, el niño se alejó por la arena a grandes zancadas.

Con Patrick y Cary arrastrando la colchoneta y Kathy y Sean dándole empellones, los cuatro deslizaron a la inmóvil Aguacates sobre su colchoneta hasta el mar.

Marti iba delante, bailando y chillando de alegría.

En la orilla, una ola formó un abanico debajo de la lona hinchada y levantó su peso. De repente, la colchoneta salió a flote. Una risa contenida sacudió a la rolliza Aguacates, que se tambaleó, hizo escorar la colchoneta y cayó al agua. La muchacha se puso de pie medio atolondrada, con el vestido blanco de criada chorreando. Una segunda ola rompió contra ella y la tumbó despatarrada sobre la espuma.

—¡Sujeta la colchoneta, tonto del culo! —le gritó Kathy a Cary—. Sean, tú y Patrick ayudadme a subirla otra vez. ¡Por este lado!

Los niños se agruparon alrededor de la mujer empapada, sujetándola para que mantuviese el equilibrio mientras otra ola rompía sobre ellos. Al fin, entre carcajadas generalizadas y con Cary sujetando la colchoneta, los tres niños ayudaron a la pesada mujer a desplomarse sobre la lona.

Los cinco, con el agua por la cintura, sujetaban la colchoneta donde se mecía la niñera.

—Le gusta —dijo Sean.

En ese momento, un grito ininteligible brotó de los labios de Aguacates, y los niños sonrieron de oreja a oreja. Marti reía jovial ante el éxito de su osadía, pero sus alaridos se disiparon cuando percibió un cambio repentino en la actitud de sus hermanos y de su hermana. Al levantar la vista y contemplar sus caras, Marti vio que ya no sonreían, sus carcajadas se habían apagado.

Los cinco estaban plantados solos en el agua. Sean y Kathy se volvieron a ambos lados para otear la blanca espuma de la orilla. A la derecha, muy lejos, había una familia reunida al borde del mar. En lo alto de la pendiente de arena blanca, entre las casas de playa, sonaba una música. Los adultos bebían. Un perro ladraba. La música y los ladridos del perro eran los únicos sonidos que irrumpían por encima del bramido de las olas en el vasto silencio vespertino.

Kathy registró una vez más el vestido empapado de Aguacates.

—Lo malo es que ahora tiene toda la ropa pegada al cuerpo y va a costar sacar la llave.

Aguacates se sacudió con una suave risita cuando la mano de Kathy se aventuró como un gusano en el interior de un bolsillo y logró por fin extraer el cordón de cuero con la llave. Una taimada sonrisa surcó el rostro bronceado de la niña cuando se colgó el cordón del cuello. Portar la llave marcaba un antes y un después, era señal de que se había producido una transferencia de autoridad, y la niña se apartó de la criada que yacía en la colchoneta de color azul desvaído.

Patrick y Sean se alejaron de la colchoneta y se encaminaron hacia la orilla. Cary también soltó la lona para unirse a Kathy y Marti.

Sola en el agua, la balsa batía suavemente las olas. Aguacates reía bajito.

Los cinco niños, inmóviles sobre la arena mojada, observaban a la mujer de blanco alejarse flotando. A su alrededor destellaban reflejos de luz, cegando los ojos que desde la orilla forzaban la vista para escudriñar cada subida y bajada de la balsa.

Al remontar la colchoneta y la mujer una ola, la risa de Aguacates se fundió con el batir de las olas al romper contra la orilla.

En lo alto gritó una gaviota blanca.

La colchoneta, que se distanciaba poco a poco de la orilla, ganó un impulso repentino cuando una rápida corriente de retorno la arrastró consigo. La resaca siguió retrocediendo, alejándose de la orilla. La mujer y la balsa avanzaron hacia la siguiente ola y la encumbraron, adentrándose en el mar abierto.

Las risitas de Aguacates cesaron.

Las gaviotas se abatieron desde el cielo.

La mujer de la colchoneta, que se movía a través de un resplandor centelleante, gritó.

Kathy se apartó de la cara unos mechones de pelo aclarado por el sol para otear la playa. Sus hermanos y Marti se giraron para seguir su mirada.

¿Había visto alguien lo sucedido desde las casas de la playa? ¿Había oído alguien los gritos de Aguacates?

En el patio de la casa situada a la derecha del hogar de los Moss había tres adultos. Estaban de pie, con copas en la mano, bajo la luz ambarina del atardecer, una luz que acentuaba todas las siluetas. Una música brotaba en estéreo de un amplificador exterior, y los tres de las bebidas se juntaron para hablar.

Tras la cristalera que protegía la terraza al otro costado de la casa blanca de los Moss, una joven estrella de cine se colocaba el diminuto sujetador de un bikini sobre unos turgentes y jovencísimos senos mientras observaba a su bronceadísimo y joven compañero, ataviado con un ajustado bañador corto y con una brillante medalla de oro colgada del cuello, encaminarse hacia su bolso de paja de color naranja.

El joven sacó un tubo del bolso y exprimió un chorro de crema solar sobre la espalda de la chica. Con movimientos lentos y calculados, las manos del hombre aplicaron la loción sobre la espalda de ella, ascendieron por encima de sus hombros y bajaron hacia sus pechos. Mientras sus manos trabajaban, se hundió con la chica en una tumbona de playa acolchada.

Los niños se giraron de nuevo hacia el océano y los gritos. Sus ojos otearon las olas centelleantes, tratando de dar con la colchoneta que cabeceaba en el agua. A lo lejos, sobre el mar, un sol rojo sangre llameaba en el oeste. Los cinco se giraron a la vez hacia la orilla y, arrojando largas sombras sobre la arena, caminaron hacia la oscura casa.

4

Blandiendo la llave de la sala de la televisión como haría un cazador primitivo al regresar al campamento, Kathy condujo a los otros niños Moss al interior de la silenciosa casa. El oscuro recibidor les hizo sentirse como en el interior de un túnel fresco y tranquilo, y ninguno se molestó en encender la luz. Atravesaron la quietud muy despacio, casi de puntillas, siguiendo los pasos de Kathy por la penumbra.

En la puerta de la sala de la televisión, aguardaron a que Kathy usara la llave. A medida que sus ojos se acostumbraban a la semioscuridad percibían su casa como un lugar vasto, extraño y carente de vida. Era hora de cenar, pero nadie entró en la cocina, y Kathy se dio cuenta de pronto de que no iba a oler a cebolla, de que nadie se comería la sartén de judías que había en la nevera. Sean subió el volumen de su audífono. Las olas crujían afuera, pero no oyó pasos ni música mexicana brotando de una radio en el dormitorio de la criada.

Patrick se rascó una costra en la pierna y sembró de arena seca la moqueta. Por un instante creyó que aparecería Aguacates enfurruñada, le señalaría los pies y luego la ducha de fuera. A

Cary le embargó una sensación de pérdida al pensar que, si cogía el bote de las galletas, sonarían las campanillas y nadie acudiría. Marti se arrimó a Kathy, la abrazó por la cintura y hundió el rostro en la suave sudadera de su hermana.

Kathy introdujo la llave en la cerradura, giró el pomo y plegó las puertas persiana. El tenue resplandor de los últimos rayos de sol se colaba a través de la cristalera que daba a la playa y arrojaba una cálida luz sobre la sala de la televisión. El pez vela sobre la chimenea casi parecía revivido; debajo, el Oscar de la repisa lanzaba destellos bronceados. Docenas de Paulas y Martys observaban desde las fotografías enmarcadas de negro, pero, en la penumbra, las teatrales sonrisas se difuminaban en los rostros sombreados de gris.

De una vez ocuparon sus sitios habituales en semicírculo. Marti y Patrick se echaron en el suelo delante del sofá, mirando hacia el televisor. Sean se sentó sobre la moqueta y ajustó el dispositivo de su oído, preparándose para el esperado sonido que no tardaría en llegar. Cary se acurrucó en una esquina del gigantesco sofá. Kathy ocupó la silla Windsor, los brazos apoyados, la espalda recta. Ninguno habló. Ninguno sintió la necesidad de hablar. Los cuatro esperaron a Kathy. Al ver que sus hermanos y su hermana asumían que ella estaba al mando del televisor, la delgada niña se levantó de la silla para pulsar el interruptor del aparato. El televisor se iluminó al instante, una imagen parpadeó en la pantalla y luego se estabilizó.

El mejor vendedor de coches de segunda mano del sur de California, como el predicador de una religión antigua, cerró de golpe el capó de un muy fiable Ford sedán familiar de cuatro puertas de 1964. Su mensaje sonaba tan convincente, y tan insistentes eran sus gestos y su tono de voz, que los niños se lo quedaron mirando sin rechistar.

La promesa de fiabilidad y de cuatro neumáticos nuevos parpadeó y fue reemplazada por la invasión de unas criaturas espaciales invisibles, cuya existencia le era desconocida a todo el mundo salvo al protagonista de la historia. El hombre solitario luchaba contra viento y marea mientras los descreídos ancianos al mando echaban a perder la oportunidad de salvar el planeta.

Solo Marti se impacientó. La tarea de perseguir y dar caza a un enemigo invisible planteaba una serie de sutilezas y dilemas morales que a la pequeña le importaban más bien poco. Ella tenía problemas más inmediatos.

—¡Quiero cenar! —se quejó.

Nadie prestó atención al grito de Marti, salvo Cary. Se volvió hacia ella, la tomó de la mano y la condujo hasta la cocina y la enorme nevera blanca.

Cary se plantó delante de la puerta abierta, iluminado por la luz del interior. Marti, que no pudo apartar de un empujón al corpulento niño, cruzó el suelo de linóleo para curiosear en los armarios. Abrió un cajón próximo al suelo y, un poco más arriba, extrajo la tabla de cortar el pan, que le quedaba a la altura de los ojos. Se valió de los escalones que le ofrecían el cajón y la tabla para trepar hasta la encimera de formica. Desde allí arriba no le costó acceder a los estantes de los armarios. Un envase de *pretzels* se precipitó del interior de uno de ellos cuando sacó la caja más grande de cereales azucarados. Con otros tesoros bien aferrados contra su sudadera roja de felpa, descendió por su escalera de tabla y cajón. En mitad de la estancia, tiró de la camisa hawaiana del niño gordo.

—¡Batido de chocolate! ¡Quiero un batido de chocolate para mí sola!

Marti regresó delante del televisor abrazada a varias cajas y un cartón helado de batido de chocolate.

Sean sintió una punzada repentina de hambre, abandonó la película y se dirigió a la cocina, donde apartó de un empujón a Cary, que estaba delante de la nevera abriendo con los dientes un paquete de plástico de salchichas frías. Patrick entró corriendo en la estancia y se hizo con la mayor parte de las salchichas de Cary.

Los niños hicieron interminables viajes entre la sala de la televisión y la cocina, proveedora de su cena. Había comida tirada por el recibidor, sobre el sofá, en la moqueta; restregada en las caras de los niños, en sus manos, en su ropa. Para cuando el tema de cabecera de la serie vespertina de ciencia ficción empezó a resonar en la sala de la tele, la cocina y el pasillo estaban sembrados de migas, envoltorios, envases vacíos, pegotes de pastel, galletas y pringosas gotas de refrescos derramados.

Una vez llenos los estómagos, los cinco niños Moss se acomodaron delante del televisor.

La nave espacial terrícola despegó surcando el negro espacio exterior en otro viaje de descubrimiento científico. Esta noche, los terrícolas descubrían un planeta cuya cultura emulaba el Chicago plagado de gánsteres de los años veinte. Durante la hora siguiente, los niños apenas pestañearon mientras tableteaban y rugían las metralletas.

La refriega entre astronautas y gánsteres de Chicago, entre pistolas de rayos y metralletas, hizo que los niños estallasen en carcajadas. El reducido público, que ya había visto el episodio cinco meses atrás, disfrutaba avanzando escenas cruciales antes de que sucedieran.

—Vas a ver —dijo Cary—. ¡En esta el capitán de la nave saca los puños!

Como si quisiera tranquilizarse a sí misma, Marti añadió alegremente:

—Su pistola espacial no te mata. Solo hace que desaparezcas con un ¡zas!

Un hombre envuelto en un halo fulgurante por el impacto de una pistola de rayos lanzó un fogonazo y luego se derritió como cera chorreando de una vela incandescente.

Kathy rio.

—Cómo me gustaría tener una de esas. Iría al cole y haría desaparecer a todos esos tontos del culo, clase por clase. ¡Zas!

Cary, que para entonces ya estaba totalmente enganchado a la serie, gritó:

—Silencio, chicos. ¡Silencio, se rueda!

Mientras la batalla entre los exploradores espaciales y los gánsteres se recrudecía, Marti se levantó del suelo de un salto para apoyar al protagonista.

—¡Zas! ¡Zas! ¡Zas! —gritó, ayudando al capitán con la pistola de rayos.

Después del programa de ciencia ficción, un viejo vaquero y su nieto se abrieron camino a tiros entre media docena de pistoleros de la frontera, dejando cinco muertos y un único superviviente sollozando de arrepentimiento. Mientras el viejo y el niño desaparecían de la pantalla al galope, despidiéndose hasta la escabechina de la semana siguiente, Marti, sentada en el suelo, intentaba no quedarse dormida. Sus ojos se cerraban, se abrían con esfuerzo y se cerraban otra vez. El tiempo que permanecían cerrados era cada vez más largo. Cary la vio cabecear y se agachó para quitarle la bolsa de patatas fritas. La niña se despertó de repente, recuperó las patatas de un tirón y lloriqueó con petulancia.

Unos minutos después, cuando el sueño se había apoderado de Marti, el niño vio que era su oportunidad y, muy despacio y con sumo cuidado, liberó la bolsa de papel encerado que la niña tenía firmemente agarrada entre los dedos. En silencio, para que los otros no se dieran cuenta, Cary fue dando cuenta de las patatas fritas hasta que llegó al fondo de la arrugada bolsa.

Las patatas saladas le dieron sed. Los refrescos estaban a escasos pasos de allí, en el interior de la gigantesca nevera, pero le daba pereza moverse. Al final, se levantó del sofá y fue arrastrando los pies hasta la cocina a por otra cola. Se asomó al brillo cegador de la nevera, cogió el refresco y lo abrió. Pero por alguna razón no fue capaz de llevárselo a los labios.

Incluso un estómago inmune a cantidades ingentes de salchichas frías, *pretzels,* pastel, cereales azucarados y gaseosa Fizzies de sobre mezclada con Coca-Cola tenía que rebelarse en algún momento, y el de Cary se encontraba ahora en plena revolución. Una arcada repentina estremeció de arriba abajo al niño, que cerró la puerta de la nevera de golpe y salió corriendo al cuarto de baño.

Cary se inclinó sobre el inodoro; la ingesta de la noche no paraba de brotar en oleadas. Luego cesaron las arcadas, y mientras se restregaba la boca oyó el grito de Kathy por encima del tema musical de cabecera de la película de las once y media.

—¡Cary! ¡Cary! ¡Corre! ¡Que empieza la peli de terror!

Cary tiró de la cadena, se juró que retomaría la dieta, regresó tambaleándose y se dejó caer en el sofá justo a tiempo de ver empezar la película de terror de medianoche.

Mientras Marti dormía con el pulgar en la boca, el presentador del programa se irguió del interior de un ataúd que yacía envuelto en un velo de niebla. Entre una espesa maraña de telarañas, la siniestra figura caracterizada para parecerse al Drácula de Bela Lugosi prometió una noche de terror incalificable. Adoptando un acento transilvano, advirtió a los niños Moss que se prepararan para ver vampiros y vudú, brujería y sadismo.

—¿Qué es sadismo? —preguntó Patrick.

Nadie respondió. Una momia que avanzaba con pasos acechantes por la pantalla neblinosa tenía a los niños absortos. En su mudo espanto, en su estremecimiento común, Kathy se trasladó al sofá para coger a Marti en brazos y acurrucarse junto a Cary. Sean recuperó una vieja manía: su mano buscó su boca y sus dientes mordisquearon la uña del dedo pulgar. Para cuando la película estaba bien avanzada, se había comido la uña y le sangraba el dedo.

Kathy se retorció un mechón de pelo entre los dedos, se lo llevó a la boca y empezó a chuparlo.

Cary estaba tan tenso que deslizó ambas manos entre los muslos para apretarse la entrepierna.

Patrick se levantó del suelo y se embutió entre Sean y Marti, en el sofá. Ellos no hicieron ascos al calor de otro cuerpo.

Cuando la película llegó a su fin, exterminados los vampiros, ajusticiado el malvado científico con una estaca clavada en el corazón, y la guapa jovencita rubia por fin a salvo entre los brazos de su alto y joven pretendiente, los niños se levantaron del sofá.

Patrick agarró la piel moteada de leopardo de la silla del escritorio. Cary se subió a la mesa para descolgar una máscara africana de la pared. Kathy le echó una carrera para hacerse con una larga lanza masái que había en el rincón. Sean, que no iba a quedarse atrás, se adueñó de la piel de cebra y de un hacha india y lanzó un grito desgarrador. El alarido despertó a Marti, que se puso a chillar al borde de la histeria.

Marti fue alternando momentos de gritar tapándose los ojos con miradas exploratorias, hasta que tuvo la certeza de que los fantasmas que desfilaban ante ella eran en realidad sus hermanos y su hermana, y entonces ella también se deslizó del sofá para unirse a ellos. En cuestión de segundos, sus gritos de terror se tornaron chillidos exultantes de júbilo y se puso a bailar frenéticamente en el corro.

Los niños salieron corriendo al recibidor, cruzaron el salón, que raramente se usaba, regresaron al pasillo y subieron las escaleras. En un ataque desquiciado de primitiva energía tribal, persiguieron enemigos invisibles por dentro y fuera de los dormitorios, escaleras abajo, por la cocina y el recibidor, chillando y dando golpes por todas las estancias salvo en el dormitorio de la criada. A la puerta de esa habitación, se detuvieron en seco, enmudecieron, dieron media vuelta y recorrieron el pasillo haciendo cabriolas, desafiando con ánimo extasiado los temores nocturnos. Los cinco bramaron, blandieron las lanzas y el hacha india, chillaron a través de las máscaras hasta que Cary se cayó y Patrick se tropezó. El agotamiento, las carcajadas y las lágrimas de risa los obligaron a parar.

Finalmente, regresaron delante del televisor y se desplomaron en el sofá.

Desde una casa playa arriba, un perro ladró en la noche.

Los cinco se quedaron allí resoplando y enjugándose las lágrimas de los ojos. De repente, Cary se incorporó de un respingo.

Lanzó un grito gutural mucho más revelador que cualquier palabra que hubiese sido capaz de pronunciar y señaló la oscura cristalera de la sala de la televisión. Los otros miraron a donde él tenía clavados los ojos.

Al otro lado de la cristalera salpicada de sal, en la negrura de la noche, se movió la imagen fugaz de una cara.

Un escalofrío recorrió a los cinco. Ninguno habló.

Alguien había estado observándolos. Muy despacio, se miraron los unos a los otros. ¿De verdad habían visto a alguien? Patrick fue el primero en levantarse para comprobarlo. Los demás se pusieron de pie en el sofá.

—Mirad —susurró Kathy con una voz amortiguada por el miedo. Señaló.

Una sombra veloz cruzó el patio, saltó sobre el murete y desapareció en la noche.

El perro ladró.

En la sala de la televisión, solo las voces de un hombre y una mujer, que se juraban amor eterno ataviados con prendas de otro siglo, impedían que el silencio fuese total.

El oleaje tronaba en la noche.

Patrick se acercó a la puerta corredera y pegó la cara al cristal.

—Ahí fuera no hay nadie. —Su voz sonó débil y poco convencida.

—¿Estás seguro? —preguntó Sean.

—Si no fueras un gallina, a lo mejor te acercabas para comprobarlo en persona.

Todos salvo Marti, que dormía, se acercaron a donde estaba el niño. Marti se despertó, cruzó a gatas la moqueta y se hizo un hueco entre los demás para escrutar la noche.

Después de que Kathy corriera las cortinas, los cinco dieron la espalda al ventanal y se acomodaron de nuevo en el largo sofá. Sean recogió la piel de cebra y se envolvió en sus rayas. Marti gateó hasta Sean, se acurrucó bajo la piel y, tras rodearla Sean con un brazo, ambos se quedaron dormidos. Patrick pronto empezó a respirar de manera lenta y pausada, y la bolsa de *pretzels* de Cary se le cayó de la mano. Kathy, la única que seguía despierta, parpadeó cansada. Ante sus ojos destellaban las bayonetas en una película.

Un cuchillo afilado se abatió hacia ella. No notó nada, salvo la calidez de su propia sangre fluyendo entre sus dedos.

Dio una cabezada. Se durmió. El televisor bullía de vida.

5

La luz del día ensartó a través de la rendija de las cortinas echadas un rayo de luminosidad en la oscura sala de la televisión. El inmóvil ojo de cristal destelló en el cuerpo plateado del pez vela. La galería de fotografías enmarcadas, las cabezas de jaguar de fauces abiertas, el óscar de la repisa, el armero…, todo reflejaba la luz titilante de la pantalla del televisor.

Dentro del cuadrado fluorescente, el rostro de un hombre parpadeaba sin parar: una imagen que aparecía y desaparecía, aparecía y volvía a desaparecer.

—¡SEAN MOSS!

El niño de los pantalones vaqueros recortados se revolvió inquieto en medio de una pesadilla. Volvió a enterrarse bajo la piel de cebra en la que se había envuelto la noche anterior.

—¡SEAN MOSS!

Bajo la piel rayada, el niño se dio la vuelta y se agarrotó, al tacto frío y húmedo del pelo mojado. Se escabulló de debajo de la piel del animal a toda prisa, avergonzado y asqueado de sí mismo. Tiró del cobertor y lo arrastró consigo desde el sofá hasta las cortinas. ¿Se habrían dado cuenta sus hermanos y hermanas de lo que había hecho?

En el sofá estaban tumbados Kathy y Cary. Patrick y Marti compartían la piel de leopardo sobre la moqueta. No. No sabían que había mojado su manta, y si conseguía sacar de la habitación la prueba del delito antes de que despertasen, no tendrían por qué enterarse jamás. Sean se llevó al audífono una mano que dirigió acto seguido al resquicio por el que entraba la luz del sol, y abrió las cortinas en busca de la voz.

—¡SEAN MOSS!

Los puños de Sean frotaron sus ojos despacio, para eliminar todo rastro de sueño, y el niño intentó enfocar la mirada. ¿Quién sería el que le llamaba?

Afuera, al otro lado del murete de ladrillo del patio, en la despejada mañana de agosto, la camiseta de un joven destacaba con un blanco deslumbrante sobre un oscuro bronceado veraniego en lo alto de su montura: un tractor amarillo en ralentí. Sean reconoció en el conductor al estudiante universitario contratado por la comunidad de vecinos de la Colonia para rastrillar cada mañana la fina arena blanca de Malibú. En lo alto del tractor, la mano morena del joven tractorista descansaba sobre una colchoneta hinchable de lona y plástico color azul desvaído.

El niño que estaba al otro lado de la cortina deslizó la puerta acristalada y salió tirando de la piel mojada de cebra, que escondió detrás de una tumbona. Descalzo, cruzó corriendo el suelo de ladrillo y el césped frío hasta el murete del patio y se plantó delante del joven del tractor.

—¿Llevas conectado el audífono?

Sean asintió con la cabeza.

—Pues sube el volumen.

Sean no pudo evitar justificarse.

—Es que todavía estaba durmiendo. De verdad.

El niño prefería que el joven subido al tractor lo tomara antes por vago que por sordo. Sean nunca podía predecir lo que pensaban de la gente con defectos las personas perfectas y atléticas como el universitario.

—Menos mal que la colchoneta lleva tu nombre.

Sean se adelantó y se subió de pie al murete.

—Tienes suerte de que la haya encontrado donde la arrastró el mar, al final de la playa.

—Gracias —dijo el niño, alargando la mano para coger la colchoneta.

Pero el universitario no se movió.

—¿Sabes cuánto cuestan estas colchonetas tan buenas?

Sean asintió. Su padre se lo había dejado clarísimo no una sino varias veces.

—Treinta y un dólares —dijo el niño.

—Pues visto cómo los hermanos Moss os las dejáis tiradas por ahí continuamente, nadie lo diría.

Sean se sintió avergonzado de pronto y escondió las manos a la espalda. Ya había dicho «gracias». ¿Cuánto tiempo más pensaba seguir dándole la charla el universitario del tractor acerca de lo de cuidar de su propiedad?

—Tú y tus hermanos deberíais tener cuidado con vuestras cosas, ¿eh? ¿Sí?

Sean asintió.

—Sí.

—¿De acuerdo? —preguntó el conductor.

—De acuerdo —respondió Sean. Y añadió—: Lo prometo. De ahora en adelante tendré más cuidado.

El rastrillador de playa le tendió la colchoneta desde lo alto del tractor y se inclinó hacia adelante para meter la marcha en su motor al ralentí.

Sean sabía que mostrarse dócil y respetuoso era parte del precio que tendría que pagar hasta que el tractor se alejase por la playa dando tumbos. El niño estaba agradecido de que la máquina ya se hallase en marcha. Aguardó. ¿Por qué no se marchaba el tractor? Sean levantó la vista hacia el conductor, cuya mano cubría el pomo de la palanca de cambios. Sean advirtió que el joven bronceado observaba a los otros cuatro hermanos Moss, que en ese momento estaban saliendo al patio.

Los cuatro niños y niñas, que se reunieron a los pies de Sean con los ojos entrecerrados contra el sol, ofrecían una estampa poco habitual en Malibú: una pandilla astrosa, con la ropa de playa cubierta de manchas y lamparones, el pelo revuelto y sin peinar, las caras sucias con restos de comida reseca y todavía hinchadas de sueño. Uno tras otro se subieron al murete. Kathy se retiró la larga melena de la cara.

—¿Le dejáis hacer eso? —preguntó el rastrillador de playa.

—¿El qué? —Sean se volvió. Marti estaba a su lado con el puño dentro de un tarro de crema de cacahuete.

—No pasa nada —declaró Kathy.

—¿Dónde está la criada?

—Dentro —mintió la niña con descaro.

Sean se pasó la mano por el crespo pelo rubio. Kathy tiró del borde de la sudadera hacia abajo y enderezó la palabra DIRECTOR.

El conductor apagó el motor y se quedó mirando a la niña de cuatro años.

—¿Pero no se va a poner malísima si se come todo eso?

Mientras se rebañaba la pasta marrón de la cara con los dedos, Marti parecía de todo menos infeliz, y muy capaz de sobrevivir a la crema de cacahuete. No obstante, al advertir que era el centro de atención de todas las miradas, no pudo ocultar su sorpresa y dejó caer el tarro, que se hizo añicos sobre el murete del patio, a sus pies.

—Avisad a la criada —dijo el conductor.

Sean, presa del pánico, se preguntó si alguno de sus hermanos o hermanas iba a atreverse a contestar.

—Shhh. —Era Kathy la que urgía al conductor a bajar la voz—. Esta mañana la estamos dejando dormir hasta tarde.

Admirados, Sean, Patrick y Cary se morían de ganas de volverse para mirar a su hermana, pero siguieron muy tiesos, de pie sobre el murete, mirando al frente.

Cary fue el primero en hablar.

—No se preocupe, señor. Nos encargaremos de recoger los cristales y la crema de cacahuete…

—Los cristales en la playa son peligrosos.

—Sí, señor —contestó Cary—. Ya lo sabemos.

—De hecho, los quiero recogidos ahora mismo. Decidle a la criada que salga.

—Solo habla español —dijo Patrick.

—*Está bien*[3] —contestó el conductor—. ¡Id a por ella!

—De verdad que habría que dejarla dormir —insistió Kathy sin que su tono de voz delatase ninguna emoción—. Anoche estuvo despierta hasta las tantas. Cary se puso malo.

—Es verdad. Vomité un montón —añadió el niño gordo en tono muy serio.

El conductor contempló con detenimiento a los cinco niños subidos al murete. Al final de la arena, las olas lamían perezosas la orilla. En la playa, más lejos, ladraba un collie.

El conductor arrancó el motor y Sean, sus hermanos y Kathy contuvieron la respiración.

—Aseguraos de recoger hasta el último cristal, chavales. —El rastrillador se enderezó las gafas de sol, pisó el embrague y metió la marcha de su monstruo de hierro, y el tractor se alejó traqueteando.

Los cinco se quedaron de pie sobre el murete un buen rato.

—Uf —dijo Sean.

Patrick, que no cabía en sí de admiración, le dio a su hermana un puñetazo amistoso en el brazo.

—¡Has estado increíble!

—Corta el rollo. —Kathy se plantó en el patio de un salto. Habló con tono enfurruñado—: Venga, ya le has oído. Limpia todo eso, Sean. Tú eres el responsable.

—¿Yo? ¿Por qué?

---

3. En español en el original.

—Porque, de no ser por tu estúpida colchoneta, ni se habría acercado a la casa, eso para empezar. ¡Recógelo *todo*!

—No te preocupes —dijo Patrick—. Yo te ayudo.

—Eso, eso —espetó Cary—. Ayuda al tonto de tu hermano.

Kathy ayudó a Marti a bajar del murete y cruzó con ella el patio. Cuando llegaron al otro lado, las dos niñas se dieron la vuelta para mirar a sus hermanos.

—¡Venga, todos a limpiar!

Los tres hermanos restregaron la pringosa plasta marrón y la reunieron con las afiladas esquirlas de cristal en una pala de playa. Patrick la recogió y arrojó la masa dentro de la barbacoa de ladrillo.

Kathy se mostró satisfecha.

—¡Y ahora todos a casa!

—De eso nada —dijo Patrick.

—Tú te callas y haces lo que yo te diga, ¿vale?

La admiración que Patrick había sentido hacia su hermana momentos antes se transformó rápidamente en resentimiento; sopesó la probabilidad de éxito si la desobedecía. No se movió de donde estaba, pero algo en la voz de la niña, la autoridad con la que había mentido al rastrillador, que era mayor y estaba en la universidad, el fuerte tirón que acababa de darle otra vez a su sudadera de DIRECTOR le convencieron para seguirla hacia la casa.

En la ducha del patio, Kathy abrió el agua.

—¡Quitaos *toda* la arena! —ordenó—. ¡Que no quede ni rastro!

—¡Pero si ni siquiera hemos bajado a la playa! —rezongó Cary.

—Lavaos de todas formas. Además, ¿tú te has visto esas piernas rechonchas, Bola de Sebo? ¡Qué asco! ¡Están llenas de churretes de Coca-Cola reseca!

Sean se demoró en el patio mientras los demás seguían a Kathy al interior de la sala de la televisión. En un abrir y cerrar de ojos, recogió el gurruño que había hecho con la piel de cebra y la extendió sobre la hamaca. Desenrolló una manguera de goma, ajustó la pistola a máxima presión y roció la piel con agua hasta que surgieron entre los pelos pequeños riachuelos que se precipitaban sobre el enladrillado.

—¡Ahora sí que está mojando la cama!

La que hablaba era Kathy. Los demás soltaron unas risitas desde la cristalera.

—A lo mejor no nos ha oído —dijo Cary.

Sean se dio la vuelta, blandiendo la manguera como un arma en la mano.

—¿Sabes qué? Yo creo que tendríamos que hacer una colecta y mandarlo con su problema a un psiquiatra —dijo Cary.

—O… —Kathy empezó a hablar, pero esperó. Se daba cuenta de que Sean se estaba debatiendo entre dar un manguerazo de agua a los acusicas o intentar ignorarlos con la esperanza de que se hartasen y se marcharan. Kathy fue hasta la toma de agua de la manguera y cerró el grifo—. Si prometes no mojar el sofá, muchacho, puedes entrar en casa. —La niña se volvió a mirar a Cary con una mueca triunfal y él se dobló de risa.

La sala de la televisión parecía mucho más oscura en contraste con la deslumbrante luz de la mañana. Kathy se plantó frente a la pantalla parpadeante y giró los diales hasta que cesó el parpadeo y obtuvo una imagen nítida de un joven sentado a un escritorio. La niña bajó el volumen y la voz enmudeció en mitad de una frase.

Marti berreó una protesta:

—¡Estaba escuchando!

—A estas horas no ponen nada, ¡así que a callar!

Patrick avanzó decidido hacia el televisor. Kathy le bloqueó el paso; sus ojos grises se clavaron en los de su hermano el tiempo suficiente para que este escogiera, una vez más, no desafiar la autoridad de su hermana.

Marti cerró los puños y se puso a dar agudos alaridos. Sus hermanos se mostraron inmunes a su pataleta y no encontró ningún aliado que la ayudase a restaurar la voz del periodista.

Kathy se estiró la sudadera y esperó a que se hiciera el silencio.

—¿Sabéis qué demuestra lo que acaba de pasar ahí fuera? —Los chicos permanecieron expectantes, pues sabían que su hermana tenía intención de contestarse a sí misma—. ¡Lo de ahí fuera demuestra que no podemos permitir que nadie se entere de lo que ha pasado!

Cary embutió una mano rolliza en el interior de una bolsa de celofán para pescar otra galleta de chocolate rellena de crema.

—¡Suelta eso y escucha! —gritó Kathy.

—¡Me muero de hambre!

Kathy silenció al niño con una mirada fulminante y luego se giró hacia Sean y Patrick. Ambos la escuchaban. A continuación volvió a mirar a Cary.

—Desayunaremos en un minuto. —Se quedó callada unos instantes para subrayar la importancia de lo que estaba a punto de decir—. Odio decirte esto, Cary, pero en cuanto descubran que no tenemos a nadie cuidándonos nos enviarán a ti y a mí al apartamento de padre en Nueva York.

Cary, al que en ese momento le goteaba un hilillo de chocolate de la comisura de la boca, dejó de masticar.

Kathy se volvió hacia Sean.

—Y supongo que no hace falta que te cuente adónde os enviarán a Patrick y a ti.

En la oscura estancia, ninguno cuestionó la existencia de aquellos todopoderosos «ellos» implícitos en las palabras de Kathy. La presencia de «ellos» se podía palpar en todas partes: alrededor de la casa, en la playa, en la autopista que pasaba de largo junto a la Colonia Malibú.

—Si se enteran de que estamos solos sin una cuidadora, os llevarán a ti y a Patrick de vuelta a casa de vuestra madre.

Sean se acercó a las cortinas y, a través de la rendija, oteó la playa, donde tenía planeado construir su castillo de arena.

—¡Sean y yo no nos pensamos ir de esta playa!

—No te van a pedir tu opinión —dijo Kathy—. Díselo, Sean.

Junto a las cortinas, Sean tardó un rato en contestar.

—Tiene razón. Si descubren lo sucedido, nos tendremos que ir *todos*.

La pequeña de cuatro años se rascó su sucia cara con unos deditos aún más sucios, al mismo tiempo que sus alaridos quejumbrosos devenían en sollozos.

—¡No me pueden obligar! —protestó Patrick.

—¡Serás idiota! —Kathy habló escupiendo las palabras—. ¿No me estás oyendo? ¡Tendrás que irte sí o sí!

—Se me ocurre una cosa —dijo Cary.

—¿Qué? —preguntaron los otros tres al mismo tiempo.

—No *tenemos* que irnos. No hará falta si conseguimos otra criada.

Kathy soltó un exagerado suspiro y miró a su hermano torciendo el gesto en su mejor mueca de hartazgo.

—¿Y cómo pretendes hacer eso?

—Consiguiendo otra Aguacates de México —dijo Patrick.

Era la primera vez que alguno de ellos pronunciaba el nombre de la mujer desde que la dejaron en el mar. De pronto, sin saber muy bien cómo ni por qué, Cary tuvo la sensación de que el mundo entero estaba al tanto de lo que habían hecho, y cerró la bolsa de galletas retorciéndola entre las manos.

—No podemos conseguir otra criada mexicana —dijo Kathy—. Ella era una espalda mojada. Se supone que ni siquiera estaba en este país. Y si llamásemos a las personas que nos la enviaron, antes preguntarían qué le ha pasado a ella…

—Pues llamamos a otro sitio —la interrumpió Patrick.

—¡Los niños no contratan criadas, idiota!

—Vale, pues si eres tan lista, ¿qué hacemos entonces, eh?

Sean y Cary respaldaron a Patrick clavando la mirada en su hermana.

Si la niña estaba falta de ideas, no lo reconoció. Se alisó con una mano la palabra DIRECTOR de la sudadera y habló despacio.

—Si hicierais el favor de cerrar el pico un ratito, a lo mejor os lo podría decir.

—Pues dilo. —Fue Patrick el que se atrevió a retarla.

—Haremos como que sigue aquí —dijo la niña.

—¿Hasta que vuelvan papá y Paula? —Patrick gritó con incredulidad—. Pues anda que... O sea, ¡eso sí que es una estupidez!

—¡Tú te callas y no vuelvas a llamar estupidez a *nada* de lo que yo te diga!

Kathy estaba roja de rabia.

Patrick echó una mirada fugaz a sus dos hermanos. Lo que vio solo vino a confirmar lo que se temía. No podía esperar que le apoyasen. Sean y Cary seguían esperando a que Kathy explicase su idea, pero Patrick no estaba dispuesto a claudicar tan fácilmente.

—Pero ¿qué vamos a decirles a papá y a Paula cuando lleguen a casa?

La voz de Kathy sonó grave e inopinadamente adulta.

—Les decimos que ha dimitido. Que se largó. Y punto.

—Es lo que hizo la criada de los Gordon —apuntó Cary, aportando así una prueba que corroborase la lógica de su hermana.

Si la prueba no les pareció suficiente, ninguno de los tres niños, incluido Patrick, se sintió capaz de seguir contraviniendo a su hermana mayor. El tono tajante que empleaba era propio de quien ha tomado en cuenta todas las consecuencias posibles, de quien ha sopesado todas las alternativas y conoce todas las respuestas.

En la oscura habitación, iluminada tan solo por la luz que se colaba por el resquicio entre las cortinas y por el resplandor de la pantalla, Kathy pronosticó lo que «ellos», todopoderosos pero indeterminados, harían si descubriesen su secreto.

—Si se enteran ahora, tendremos que irnos *todos*. Adiós playa. Y en Nueva York, con la zorra de mi madre, ¡casi puedo ir despidiéndome también de la televisión!

Los niños callaban.

Marti lloriqueaba y se retorcía de manera agónica con una mano en la entrepierna.

—No es por lo que has dicho —dijo Sean—. Tiene que ir al baño.

—Tú lo sabrás bien —replicó Cary con una carcajada.

—¿Y quién ha dicho que no pueda ir al baño? —espetó Kathy. Se volvió hacia la pequeña—. Déjate de dramas, tonta del culo. ¡Ve al baño y se acabó!

Los hombros de Marti temblaban mientras lloraba. Negó con la cabeza.

Kathy agarró a la niña de la mano y la sacó a rastras de la estancia.

Al otro lado del recibidor se oyó descargar el inodoro.

Desde la cocina y el escritorio de la sala de la televisión, el timbrazo del teléfono interrumpió la discusión de los niños. Ninguno se movió para responder hasta la quinta llamada.

Sean fue el primero en hacer ademán de descolgar, pero Kathy dejó a Marti en la puerta del recibidor intentando limpiarse el culo y se le adelantó corriendo para levantar el auricular. Sintió una repentina sensación de alivio al escuchar la voz familiar de la secretaria del gestor de su padre.

—Hola, niños.

—Hola, señorita Nevins.

El acento nítido y alegre de la eficiente mujer inglesa se filtraba a través del auricular a un volumen suficientemente alto para que los tres niños que se habían apiñado alrededor de Kathy pudieran escuchar a la precisa voz interesarse por su salud y por cómo lo estaban pasando en la playa.

Kathy sacó su lado sociable y describió lo maravilloso que era el verano y lo mucho que se estaban divirtiendo.

—¡Límpiame el culito! —chilló Marti.

Kathy tapó el auricular con la mano.

—Sean, ayúdala.

De pronto, la niña al teléfono se puso en tensión cuando la señorita Nevins pidió hablar con Aguacates. Kathy, que seguía tapando el auricular, se giró para mirar a los demás, pero estaban petrificados con los ojos clavados en ella. Kathy retiró la mano muy despacio para hablar.

—¡Ay, Aguacates, pero qué pesada es! Está en la ducha otra vez. Sigue dale que te pego con lo de cambiarse el color del pelo. Porque se lo tiñe, ¿sabe usted, señorita Nevins? Volveré a llamar luego para que hable con usted, ¿de acuerdo?

6

—**P**ero imagínate, solo imagínate por un momento que alguien se entera de que ella ya no está. —Patrick fue el primero en hablar.

—O —añadió Cary, subiéndose la montura de las gafas por el puente de la nariz— de que estamos aquí solos. ¿Entonces qué?

Kathy no creyó necesario defender su postura y habló de manera pausada.

—Nadie va a contarle *nada... a nadie.* —Se pasó una mano por el pelo, se alisó la sudadera, se retiró una escama de piel del brazo y la examinó—. ¡No van a enterarse de nada!

—¿Y tú cómo lo sabes? —azuzó Patrick.

—Pues mira, Patrick Moss... Porque vamos a jurarlo sobre la Biblia, como en esa peli sobre los soldados en Suramérica.

Los tres hermanos se acordaban de la banda de revolucionarios de la película, que se reunían en una escena especialmente solemne para hacer un juramento.

—¡Pues necesitamos una Biblia! —dijo Sean.

—No tenemos —atajó Cary de manera rotunda.

—Porque tú lo digas —espetó Kathy.

—Si no me crees, ve a comprobarlo tú misma —dijo el niño.

—Es verdad —dijo Patrick.

—Ella sí que tenía una Biblia —dijo Sean.

Kathy y los demás miraron al niño.

—En su dormitorio. Un día que tenía la puerta abierta, la vi ahí rezando. Tiene una cruz y todo.

—Ve a por ella —dijo Kathy.

Sean no se movió.

—Que vayas —insistió la niña—. Vamos, espabila. —Kathy relajó el tono autoritario de su voz—. Por favor. ¡La necesitamos! *¡En serio!*

—¿Me acompañas?

Kathy miró a los otros tres. Asintió con la cabeza.

—Vosotros no os mováis de aquí. Cary, vigila que Marti no toque la tele.

La niña y el niño estaban ante la puerta abierta contemplando la colcha rosa de satén, la cómoda con su colección de tintes caseros, rizadores de pelo y enormes frascos de perfume barato. En el marco de un pequeño espejo que había encima de la mesa estaba encajada una fotografía doblada donde aparecían una madre, un padre y cinco hermanas y hermanos. En el suelo, junto a la cómoda, había una buena pila de revistas mexicanas de cine. Contra la pared estaba apoyado el televisor portátil confiscado.

Sean y Kathy intercambiaron una mirada. Sin mediar palabra parecieron preguntarse el uno al otro si la mujer mexicana estaba allí presente, con ellos.

—¿Dónde está? —preguntó Kathy, rompiendo el silencio—. ¿Dónde está la Biblia?

Los ojos de Sean registraron el dormitorio. Una cruz aplastaba unas hojas resecas de palma contra la pared. Debajo de la pantalla de tela fruncida de una lámpara, sobre una mesilla de noche situada junto al lado más apartado de la cama, destellaban las cuentas de cristal de un rosario. Sean se deslizó sobre la lustrosa colcha rosa y abrió el cajón de la mesilla.

Kathy tragó saliva para dominar el miedo mientras el niño extraía de la mesilla un libro encuadernado de negro. Lo observó abrirlo y pasar las páginas.

—Está todo en español —dijo.

—No importa.

Con el libro en la mano, Sean asintió y volvió a sentir el tacto del brillante satén rosa a la vez que sus piernas bronceadas se deslizaban sobre la cama. Entregó la Biblia a su hermana, pero el niño y la niña se quedaron helados de pronto. En la puerta principal sonaron unas campanillas.

Los dos se quedaron muy quietos, sin atreverse a respirar.

Las campanillas tintinearon por segunda vez.

Salieron corriendo del dormitorio y al final del pasillo se encontraron a los otros tres plantados delante de la puerta de entrada.

Las palabras que susurró Kathy sonaron frenéticas.

—¡No abráis!

—Ni que fuéramos idiotas —soltó Patrick.

—Pues baja la voz, imbécil —advirtió la niña.

Avanzó en silencio, pisando con cuidado envoltorios de comida, bolsas y un polo de frambuesa derretido, hasta que estuvo pegada a la puerta. Con una señal, indicó a sus hermanos y a su hermana que guardaran silencio absoluto, y luego se aclaró la garganta.

—¿Quién es?

—Soy yo —contestó una niña.

—¿Marlice?

—Es tu amiga —dijo Patrick asqueado.

—Dile que se vaya —indicó Sean.

El silencio de Kathy delató su indecisión.

La voz habló desde el otro lado de la puerta.

—¿Kathy?

Para sorpresa de los cinco niños que estaban apostados en el recibidor, la puerta se abrió de golpe y una collie de pelo marrón y blanco entró agitando la cola. Cuando la perra lamió muy contenta la cara de Marti, la niña retrocedió asustada, pero enseguida se adelantó para abrazar al peludo animal. Los otros cuatro hermanos Moss cayeron en la cuenta de que no habían cerrado la puerta principal y de que esta se había quedado entornada toda la noche.

La collie dejó a Marti y fue a hincar su largo hocico aristocrático entre los papeles y las sobras desperdigados por el suelo para olisquear los pegotes resecos de azúcar.

Una niña de once años, con pantalón pesquero celeste y camiseta azul, esperaba en el porche. Como le sacaba una cabeza a Kathy, se cernía como un gigante sobre los otros cuatro niños Moss. La mano flaca de la niña retorció unas cuentas indias azules y blancas a la altura de su delgado pecho.

—Hola.

La respuesta de Kathy sonó totalmente vacía de entusiasmo.

—Hola.

La niña no pareció desalentada por la fría bienvenida de su joven amiga.

—Llegué anoche de Oregón.

—¡No puedes entrar! —Patrick se sorprendió a sí mismo, puesto que prácticamente estaba gritándole a la niña, así que recurrió a su hermana para que secundara su reacción—. Díselo, Kathy. ¡Dile que no puede entrar!

—¡LADYBUG! —le gritó la niña a la perra desde la puerta—. ¡Ladybug, perra mala!

La collie le otorgó el derecho de invadir la casa en nombre de la disciplina, y agarró a la curiosa Ladybug del collar antipulgas de goma. Los niños observaron a la niña atentamente; la vieron fijarse en el caos a sus pies. Sin el menor recato, dirigió una larga mirada de desaprobación al suelo, luego a la hermana pequeña de Kathy, embadurnada de crema de cacahuete, después a sus hermanos y, por fin, a la propia Kathy.

—¿Dónde está Aguacates?

—Durmiendo —respondió Cary de manera un tanto precipitada.

—Marlice... —Kathy titubeó. Ocultó la Biblia a su espalda. La joven vecina sacó un inhalador nasal de uno de sus bolsillos e inspiró despacio mientras echaba un segundo vistazo, más prolongado, al sembrado de desperdicios y a los mugrientos niños y niñas.

—¿Y cómo es que sigue durmiendo con lo tarde que es?

Nadie habló. Marti se puso a seguir a Ladybug.

—¿Está enferma o algo?

Los tres niños e incluso Marti, que dejó de perseguir a Ladybug, se quedaron mirando fijamente a la intrusa y aguardaron a que hablase Kathy.

—¿Qué pasa, que se ha quedado remoloneando y os ha contado que se encontraba mal?

Kathy negó con la cabeza.

—Está embarazada —dijo Marlice. Kathy agitó la Biblia a su espalda, señalándola, hasta que sintió que Sean se la cogía de la mano. Marlice prosiguió con tono adulto, con voz de quien está de vuelta de todo—: Las mexicanas *siempre* están embarazadas.

Los chicos miraron a su hermana Kathy con atención y desearon que fuera capaz de controlarse. Finalmente, la niña se las apañó para ofrecer una explicación.

—Se ha pasado la noche en vela. Cuidando de Cary. No paraba de vomitar.

—Pero ya estoy bien —aclaró Cary.

Marlice insertó el inhalador en el otro agujero de su nariz, lo sacó y arrugó la nariz con un gesto de asco.

—Aquí dentro apesta. Deberíais decirle que limpie todo esto.

—Es justo lo que iba a hacer —dijo Kathy.

—Oblígala a que haga su trabajo. No hacen *nada,* se pasan el día vagueando. ¡LADYBUG, PERRA MALA, SAL DE AHÍ AHORA MISMO! —Marlice salió zumbando hacia la sala de la televisión.

Patrick se plantó de un salto entre la vecina y las puertas persiana de la sala, que seguía a oscuras.

—Kathy no puede jugar contigo esta mañana.

Marlice no hizo caso del niño y se dirigió directamente a su amiga.

—Venga, Kathy. Podemos ver la película de primera hora. ¡En Oregón solo echan bodrios!

Los hermanos observaron a su hermana. Se comportaba de manera extraña, de un modo casi retraído con la niña mayor. A diferencia de cómo se relacionaba con ellos y con Marti, Kathy mostraba inseguridad en cada uno de sus movimientos, una carencia absoluta de la autoridad a la que la bronceada niña los tenía acostumbrados.

Ante las puertas persiana e ignorando a Patrick por completo, Marlice insistió.

—Venga, anda. Es una peli de John Payne.

—No. —Esta vez habló Sean.

—Mira, Sean, ¡desconecta tu estúpido aparatito o cierra el pico! —Marlice acompañó su desprecio con un gesto arisco.

Apartó la vista de Sean y clavó los ojos en Kathy. Esperaba que Kathy hiciera valer sus derechos en calidad de hermana mayor de aquella prole y, por extensión, los de la propia Marlice, en cuanto vecina, mejor amiga del verano e invitada en el hogar de los Moss.

—¡Y llévate a la pesada de tu perra! —exclamó Patrick.

—Kathy —Cary habló con una solemnidad inusual—, dile que se vaya a su casa.

—Dile a Bola de Sebo que soy amiga *tuya*, Kathy —replicó Marlice con frialdad—, no suya.

Kathy no dijo nada.

—Ven aquí, Ladybug —dijo Marlice.

Observó a los tres niños por el rabillo del ojo y no pudo obviar por más tiempo la alineación en ciernes: la balanza de poder empezaba a inclinarse en su contra.

—¡Vete! —gritó Cary.

—¡Suelta a mi perra!

Nadie se movió. Marlice estudió a los tres niños Moss, luego miró a Kathy para evaluar de qué lado estaba. Ella se había pasado a visitar a su mejor amiga, pero Kathy permitía que sus hermanos le dieran órdenes. Marlice estaba confundida y no dijo nada. Esperó a que Kathy metiera a sus hermanos en cintura como la había visto hacer de un plumazo en tantas ocasiones.

—¿Qué te pasa? ¿Estás sorda o qué? —le espetó Patrick mientras arrastraba del collar a Ladybug hacia la puerta.

Marti se quejó amargamente porque no quería que su hermano tocara a su perra.

Los tres niños, unidos ahora en una causa común, podían palpar su poder.

—Vamos a contar hasta tres y como no te hayas largado…

—¿Qué? —preguntó Marlice.

—¡Te vas a enterar!

—¿De qué? —La niña susurró la pregunta con ira contenida.

—¡Ya lo verás! —gritó el niño.

Ladybug y Marti se escabulleron de la lluvia de amenazas. La collie dejó que la pequeña de cuatro años le tirara de una peluda oreja y correspondió a esta muestra de afecto plantándole un lametón a Marti.

Sean empezó a contar.

—¡Uno!

Marlice, para demostrar que no les tenía miedo, se echó hacia atrás su larga cabellera rubia con exactamente el mismo gesto que empleaba Kathy tan a menudo para colocarse los largos mechones de pelo lacio sobre los hombros.

—Dos —dijo Cary.

—Doooos. —Con la uña del dedo meñique, Marlice sacó un trocito de desayuno de entre los alambres plateados de su ortodoncia dental.

Patrick remató el contaje.

—Tres. ¡Cary, tú coge a Marlice!

Patrick abrió el collar de Ladybug y la perra echó a correr. Marti reculó. La perra, que notó el cambio de ambiente, se puso a ladrar.

Cary se abalanzó sobre Marlice para agarrarla del brazo, pero la niña, que era mucho más alta, se soltó a la primera.

—¡Para! —chilló la niña.

—¡Sujétala! —bramó Patrick.

Atónita y sobrecogida a la vez, la niña ahogó un grito cuando Sean dejó caer el libro encuadernado de negro y se adelantó de un salto para ayudar a su hermano a inmovilizar sus largos y finos brazos.

—¡Parad! —gritó ella.

Patrick elevó la voz por encima de los ladridos del perro.

—¡Cary, Sean, sujetadla fuerte, que no se os escape!

Mientras Marlice forcejeaba con los dos niños, Patrick se acercó con el collar antipulgas en la mano.

—¡Kathy! —La voz de Marlice sonó ronca de miedo; se retorcía y tironeaba tratando sin éxito de soltarse de los dos niños.

—¡Sujétadla! —gritó Patrick a la vez que cerraba el collar alrededor del cuello de la niña.

Los seis niños se quedaron callados y los ladridos de Ladybug se tornaron en agudos quejidos. Sean y Cary se apartaron de la niña.

Marlice estalló en sollozos. Tras fulminar a Kathy con la mirada, la chica con el collar de perro salió corriendo por la puerta. Ladybug la siguió sin dejar de ladrar.

—¡Y no vuelvas nunca más! —chilló Cary a su espalda.

—Cierra la puerta y pasa la llave —dijo Patrick.

Kathy recogió la Biblia del suelo y entró en la sala de la televisión. Marti siguió a su hermana y observó a Kathy colocar la Biblia con sumo cuidado encima del televisor.

Sean, Patrick y Cary se quedaron plantados en el recibidor un buen rato; luego dieron media vuelta, se abrieron camino entre el sembrado de desperdicios y fueron a reunirse con Kathy.

Si mediar palabra, los cinco se situaron de pie delante del resplandor de la película sin sonido. Con gran solemnidad, Kathy y los niños alargaron cada uno su mano derecha para tocar la Biblia, como en el ritual que habían visto en la televisión. Kathy empezó a pronunciar el juramento —la promesa eterna— de que jamás le contarían a nadie lo que le había sucedido a su criada. Sean levantó a Marti con su brazo izquierdo, y la manita de ella se reunió con la de los demás.

7

Un autobús escolar amarillo, atestado de niños cuyos brazos bronceados colgaban por las ventanillas abiertas, recorrió veloz la calle particular de la Colonia y se detuvo ante la verja de los Moss. El conductor, un flaco estudiante de instituto vestido como un vaquero de *Streets of Laredo* y tocado con un sombrero Stetson demasiado grande, hizo sonar el claxon.

Dentro de la casa de playa, en la oscura sala de la televisión, los cinco niños Moss plantados delante de la brillante pero silenciosa pantalla rompieron el ritual.

—¡El autobús del campamento! —exclamó Patrick.

—Lo había olvidado por completo —dijo Cary.

Kathy, como si fuera una sacerdotisa completando un rito, cogió la Biblia de encima del televisor y se la pegó a la sudadera. Sean bajó a Marti a la moqueta. Cary, que estaba limpiándose las lentes con un faldón de la camisa hawaiana, parpadeó; los ojos desnudos y vulnerables sin sus gafas.

—¡Vamos, Sean! ¡Cary! ¡Llegamos tarde! —Patrick salió corriendo hacia la puerta.

—Sean, detenlo —dijo Kathy. Algo en el tono de voz de su hermana hizo que Patrick frenase en seco. La niña, con la Biblia aún en una mano, alargó la otra y subió el volumen del televisor. Una melodía de persecución llenó la estancia, y la niña no se molestó en levantar la vista. *Unos animales de dibujos animados galopaban por un paisaje que se repetía sin fin*—. ¡Lo del campamento de día se ha acabado!

Patrick se quedó petrificado donde estaba. Cary empañó las lentes con su aliento y mientras rascaba con la uña una pequeña mancha en una de ellas se plantó delante del resplandor de la película. Los tres niños aguardaron a que su hermana se explicase.

—Tenemos que estar juntos. —Kathy incluyó a todos sus hermanos sin mirarlos, sin desviar la atención de la película—. Así estaremos *totalmente* seguros de que nadie dice nada.

Patrick le lanzó una mirada rebosante de incredulidad, a Kathy primero y luego a sus hermanos. No podía creer que Sean fuera a aceptar la decisión de su hermana. ¿En serio?

—¡Pero hoy me tocaba montar el palomino! —protestó—. ¡Con una silla vaquera!

El claxon del autobús tronó impaciente.

Patrick miró a su alrededor con desesperación.

—Cary, ¡a ti te toca montar mañana!

Cary se encogió de hombros ante la idea de montar a caballo. Aunque nadie lo sabía, los caballos no le gustaban, y no estaba nada seguro de poder controlar a una criatura tan monstruosa.

El autobús emitió dos sonoros claxonazos.

Patrick dio a Cary por perdido, lo dejó delante de la película y dirigió sus ruegos a Sean.

—¡Están ahí fuera esperando! ¡Vamos!

Sean estaba mirando los dibujos animados.

—Kathy tiene razón.

—¡Claro que no! ¡Si voy no diré nada! ¡Lo prometo! —Nadie le hizo caso. El tono de voz de Patrick cambió—. Además, me importa un bledo lo que diga *ella*. Vamos, Sean. ¡Yo me voy! —Patrick, solo en su desesperación, odió en ese momento la película y la música que le robaban la atención de su hermano—. ¡Haced lo que queráis! —Patrick salió corriendo hacia la puerta de entrada—. ¡Yo me voy!

Kathy habló sin levantar la voz.

—Sean, te he dicho que no lo dejes irse.

Tampoco habría hecho falta que dijera nada, porque Sean ya había salido a toda prisa de la habitación detrás de su hermano.

Cary se levantó y fue tranquilamente hasta la puerta, donde vio a los dos niños cruzar el recibidor a toda pastilla. Sean atrapó a su hermano pequeño. Patrick se revolvió, se soltó y huyó corriendo de nuevo por el pasillo. Cary se plantó delante de él para bloquearle el paso. El más pequeño lo embistió, pero el niño gordo contrapuso todo su peso y derribó a Patrick, que cayó despatarrado al suelo mientras él soltaba un «jía» al más puro estilo de los luchadores japoneses.

—¡Maldito seas! —le gritó Patrick mientras se frotaba un codo.

Se levantó para lanzarse contra Cary, pero el niño gordo le cerró las puertas persiana en la cara.

Una puerta se abrió mientras Kathy alzaba la voz desde la sala de la televisión.

—Que no salga de ahí, Sean. Voy a avisar al conductor.

—¿Hace falta?

—Alguien tendrá que hacerlo, ¿no? —contestó la voluntariosa mártir.

El vaquero del sombrero Stetson al volante del autobús escuchó a la alta niña bronceada que le hablaba desde la calle, delante de la puerta abierta de su vehículo.

La voz del chico llegó a oídos de ella con un cerrado acento nasal, inusitadamente alta y chillona. Él tenía su lista de niños que recoger y había tres niños Moss en esa lista y una lista era una lista y el Junior Cowboys Dude Ranch no hacía excepciones. Jamás.

—Hoy no pueden ir —repitió Kathy, mientras los jóvenes vaqueros que ocupaban los asientos detrás del conductor, cada vez más inquietos, se levantaban y gritaban, se daban empujones, lanzaban envoltorios de chocolatinas y se asomaban por las ventanillas para golpear el enorme letrero que promocionaba el JUNIOR COWBOYS DUDE RANCH en los costados del autobús amarillo.

Ladybug salió de su patio dando brincos y elevando sus quejas con una explosión de agudos ladridos.

—De hecho, lo más probable es que mis hermanos no vayan más al rancho —añadió Kathy en voz baja.

El conductor vaquero desplegó una hoja de papel escrita a máquina que llevaba en el bolsillo de su camisa vaquera.

—¡Pues a mí me pone en este papel que están apuntados y que ya han pagado! —insistió el joven, ahora con un tono de voz más chillón si cabe.

—Aquí nadie ha dicho que el rancho tenga que devolver el dinero, ¿no? —preguntó la niña. El *cowboy,* algo más aplacado, dobló el papel y volvió a embutírselo en el bolsillo. La niña continuó—. Tenemos a unos parientes de visita y hoy nos van a llevar a Disneyland. Mañana vamos a Marineland.

El conductor vaquero dio media vuelta de manera amenazante para encarar a un niño de pelo largo que le estaba mojando el cuello con su pistola de agua. Después de intimidarlo con una mirada fulminante, el *cowboy* se quitó el sombrero, se pasó los dedos por su grasiento pelo color arena y citó la normativa del rancho.

—Los únicos que pueden justificar la no asistencia de un *junior cowboy* al rancho una vez este se haya apuntado son los padres o un tutor.

—¿Quiere que se lo diga mi criada?

—Eso es. Me lo tiene que decir ella.

—Vale —dijo la niña desde la escalerilla de acceso al autobús.

—¡Pues ve a por ella!

Kathy miró directamente a los ojos entornados del conductor vaquero.

—¡Ahora!

—Voy a pedirle que me escriba una nota. Es que se está dando un baño, ¿sabe? La hemos dejado porque está embarazada.

—¡Lo que sea, pero ya! ¡Date prisa!

Kathy no se movió.

—Tardaré solo un par de minutos...

—¡A la porra! —El conductor murmuró un improperio a la vez que cerraba la puerta de golpe, y el enorme autobús amarillo abarrotado de niños chillando se alejó bamboleándose por la calle.

Ladybug ladró.

Desde el umbral de la puerta principal, Kathy miró un momento a sus tres hermanos, que estaban en el recibidor. Marti se acercó a ellos con pasitos inseguros mientras mordisqueaba medias lunas de una galleta. Patrick lloraba de rabia y expresó entre sollozos su odio a su hermana. Sean y Cary, que todavía lo flanqueaban, aguardaban muy obedientes la siguiente orden de Kathy. La niña cerró la puerta de un caderazo y sonrió.

Fuera, en la calle, Ladybug volvió a ladrar.

—¡Es el cartero! —dijo Cary, que se había asomado a la ventana—. Se acerca a la puerta con algo para firmar.

—Para firmar hay que ser adulto —dijo Patrick.

La mano de Kathy se alargó hacia la puerta.

—Vosotros esperad aquí quietos.

Un minuto después, la niña regresó con otra sonrisa que demostró a sus hermanos y a su hermana que había sabido manejar un encuentro más con el mundo exterior. En la sala de la televisión depositó de mala manera el correo, las cartas y un paquete procedente de Italia sobre el vade del escritorio.

Patrick apartó el paquete, pero se puso a abrir sobres.

—¡Deja el correo de Marty! —gritó la niña.

—Piensa que su padre le ha enviado una tarjeta de felicitación por su cumpleaños —dijo Cary—. Lleva diciendo que su cumple es mañana tropecientos años, es como si no existiera otro tema de conversación.

—No te preocupes —dijo Sean—. Seguro que la señorita Nevins no se olvida.

Marti se aferró al paquete.

—¡Quiero ver a mami y papi!

Dos de los chicos y Kathy ya habían vuelto a plantarse delante del televisor.

Unas carcajadas enlatadas estallaron cuando una mujer se puso a gritar, encasquetada bajo un secador de pelo que se puso a lanzar chispas como fuegos artificiales del 4 de julio.

Marti gritó también.

—¡Mami y papi!

La pequeña extrajo un rollo de película de su carcasa y se la plantó a Patrick delante de la cara.

El niño cogió el rollo, abrió el armarito de debajo del televisor a color y embocó con destreza la cinta de celuloide en un reproductor Sony.

—Vale, tranquila. Ya te la pongo.

Los chispeantes ojos de Marti siguieron atentos cada uno de los movimientos de Patrick hasta que la negra pantalla del aparato Sony se iluminó de repente y su madre y su padre aparecieron en el monitor.

Marti fue la única de los cinco niños que concentró toda su atención en sus padres.

Una rubia Paula Moss en blanco y negro saludaba mientras que un Marty tirando a calvo posaba afectadamente delante de una balaustrada rodeado por una buganvilla trepadora que enmarcaba el Mediterráneo. Paula agitaba la mano con el mismo fervor con el que los niños habían visto saludar en las películas mudas antiguas. A diferencia de aquellos filmes de antaño, Paula habló: «¡Hola, preciosos míos!».

Los niños y Kathy subieron el volumen del televisor a color hasta ahogar el sonido del rollo de película.

—¡Silencio! —chilló Marti, lanzando los puños hacia fuera en señal de protesta.

Cary agarró las manitas de la niña.

—¿No quieres oír el programa de risa desde la cocina cuando estemos tomando el desayuno o qué?

Cargados de Coca-Colas, Pepsis y refresco de naranja de la nevera, rollitos dulces de almíbar y puñados de cereales azucarados, los cuatro mayores, una diminuta procesión de hormigas, iban y venían desayunando entre la cocina y la sala de la televisión. Kathy sorbió lo que quedaba de una Pepsi directamente de la botella y la dejó caer sobre la moqueta para concentrarse en la manoseada y pringosa *Guía TV*. La hojeó hasta dar con la página correspondiente a ese día y fue marcando programas con un bolígrafo.

Marti, que parpadeaba ante la negrura del monitor Sony del que su madre y su padre se habían esfumado, levantó la vista hacia la película a color en la que se concentraban las miradas de sus hermanos y de su hermana. Su manita agarró el mando y la imagen de la pantalla saltó a otro canal.

—¡Eh! —gritó Patrick muy enfadado.

—¡Estate quieta! —chilló Cary.

—Que sepáis que le toca elegir a Marti —anunció Kathy.

—¡Mentira podrida! —exclamó Sean.

—¡Tú cierra la boca! —le espetó Kathy furiosa.

Se puso de pie y rescató el mando de entre los deditos de la pequeña Marti, que se puso a chillar al instante. Patrick se lanzó contra su hermana mayor y le arrebató el mando de la mano. A la niña se le cayó al suelo su rollito, que aterrizó sobre la moqueta con la parte pringosa hacia abajo. Patrick aplastó el pastelillo con el pie.

—¡Puerco! —chilló Kathy.

—¡Puerca tú! —gritó Patrick—. ¡Que siempre tienes que estar acaparándolo todo!

La niña dio un empujón al niño, que cayó salpicando de refresco de naranja toda la maqueta. Luego se puso de pie.

—¡Dame el mando! —Patrick igualó el volumen de los gritos de Marti, chillando a voz en grito.

Cary y Sean, que habían aceptado sin protestar el cambio de programa, apenas miraban al niño y a la niña mientras forcejeaban y se daban empujones delante del rectángulo de luz. Cary abrió una bolsa de celofán y hundió la mano en un paquete de dónuts rellenos de mermelada.

Kathy, que se había quedado acorralada en un rincón, soltó un grito estridente.

—¡Cary! ¡Ayúdame!

—Ayúdate tú solita —respondió el niño, mientras masticaba muy despacio un bocado de bollo con mermelada, proceso que consiguió acelerar diluyendo la masa con un buen trago de Coca-Cola.

Patrick y Kathy se arañaban y empujaban. En un momento dado, Patrick se desplomó sobre el brazo del sofá y Kathy aprovechó para lanzarse sobre él y levantarse victoriosa con el mando en la mano. Entonces le tocó a Patrick pedir ayuda.

—¡Sean! ¡Dile que me toca a mí elegir!

Pero el hermano dio la espalda al televisor con un bostezo.

—Me voy afuera a seguir con mi castillo de arena.

Cary miró a su hermana con un gesto de honda preocupación.

—Kathy, ¿seguro que puede salir?

Kathy respondió con su tono de voz más autoritario.

—Sean puede salir siempre y cuando se quede justo delante de la casa. Pero no puedes hablar con Marlice ni con *nadie más*.

—Vale.

—¿Me lo prometes?

—Te lo prometo.

Patrick, que iba frotándose el brazo, se retiró hasta la pared de debajo del brillante pez vela disecado. El niño protestó con un gimoteo.

—Sean, antes de irte, dile que me toca a mí escoger programa.

Sean negó con la cabeza.

—Kathy tiene razón. Es verdad que le toca a Marti.

Rojo de rabia ante esta traición de su hermano de sangre, Patrick observó a Sean apartar la cortina para abrir la puerta corredera.

—¡Vete a la mierda!

Sean se plantó bajo la cegadora luz del sol, palpó la piel de cebra, que seguía húmeda, y salvó el murete del patio.

Patrick saltó del sofá y salió zumbando de la sala de la televisión, entró en el dormitorio de la criada y luego subió corriendo las escaleras.

Kathy supo que se estaba acomodando delante del televisor portátil. Y, sobre todo, tomó consciencia de que no mantener el control sobre cualquier televisor de la casa suponía perder toda su autoridad. Salió corriendo al pasillo.

—¡SOLO SE PUEDE VER LA TELE EN LA SALA DE LA TELE! ¡SON LAS REGLAS!

Al sonar un portazo, ella y Cary, que estaba a su lado, asaltaron la segunda planta.

Un alboroto, una pelea, gritos y lloros estallaron en el dormitorio y en el rellano. Patrick corrió tras Kathy, que iba abrazada al televisor portátil. En lo alto de las escaleras, el aparato cayó al suelo con un golpe sordo y se rompió en mil pedazos sobre la moqueta.

La niña y Cary sortearon a toda prisa el televisor destrozado, entraron en la sala de la televisión, cerraron de golpe las puertas persiana y las aseguraron para dejar fuera al niño, que lloraba de rabia mientras golpeaba frenético las lamas.

8

Minutos más tarde reinaba en la casa un silencio total, a excepción de la vida electrónica que brotaba de la sala de la televisión. Poco a poco cesaron las sacudidas que agitaban los hombros de Patrick. Se sorbió las lágrimas. Sus sucios dedos masajearon sus ojos húmedos y el niño se levantó, cruzó el recibidor y franqueó lentamente el umbral de la entrada para salir a la playa.

En la sala de la televisión, Kathy estaba de pie en la penumbra y escudriñaba entre las cortinas, protegiéndose los ojos del resplandor del sol de agosto. Cary, que estaba sentado como un Buda delante de la película, en la que unas metralletas hacían añicos una cristalera y un escaparate se venía abajo, habló.

—¿Y si Patrick le cuenta a alguien ahí afuera que no hay nadie cuidando de nosotros?

Kathy dejó caer la cortina a su posición y regresó delante del televisor. Su mano barrió migas y cereales del asiento de la silla, que la niña acercó a la brillante pantalla. La mano buscó el paquete de celofán lleno de malvaviscos que sostenía Cary.

—O sea, no podemos estar seguros de que no lo haga, ¿no? —preguntó el niño muy preocupado, aunque apenas se le entendía con la boca llena de malvaviscos.

—Si tú fueras Patrick, ¿dirías algo?

—Pero es que él no tendría que volverse a Nueva York como tú y yo.

—Ya, pero no le quedaría otro remedio que volver al Valle con la tonta de su madre. Y odia ese sitio.

—Pues tienen piscina.

—Él siempre se hace pis dentro. —Kathy esbozó una enorme sonrisa—. Para vengarse de ella.

—Pero ¿y si dice algo?

—No lo hará. Ahora está con Sean construyendo ese estúpido castillo.

Con ayuda de una pala, Sean había amontonado frenéticamente una montaña de arena dentro de las bajas murallas del castillo. Patrick trabajaba sin queja, feliz incluso, trayendo cubos de agua de mar para humedecer la arena con la que iban creciendo las murallas. Estaban ensimismados en la labor de levantar una torre, y ninguno de los dos hablaba.

Este castillo que Sean había imaginado, la parcela de playa que con tanto esmero había medido, la arena que había cavado y amontonado, el foso y las murallas y las sólidas bases de las torres que había planeado y bosquejado con minuciosidad en su cuaderno —la totalidad del castillo que había visualizado él solo— habían adquirido ahora una forma lo bastante clara como para que los demás no tuvieran que recurrir a la imaginación. Los niños de las casas vecinas empezaron a acercarse para ver qué era aquello que empezaba a elevarse del trecho de arena corriente que había permanecido llano delante de sus casas todo el verano.

Al aproximarse, se detenían a cierta distancia, conscientes de que debían esperar a que los constructores los invitasen a acercarse. Sean y Patrick no decían nada. Su silencio no hacía que los vecinos se sintieran bienvenidos en absoluto. Los niños se quedaban donde estaban, incómodos, sintiéndose espectadores en el mejor de los casos o intrusos en el peor, y pasados unos minutos se alejaban sin decir nada. Unos cuantos se prometían levantar sus propios castillos delante de sus casas. Algunos empezaban a amontonar arena.

Kathy y Cary, con Marti tratando de seguirles el paso bajo el ardiente sol de mediodía, salieron de la casa con desgana, sus sombras ahora bien pegadas a los pies.

Ante las murallas de arena, los dos niños mayores hicieron un esfuerzo para ocultar su emoción, la admiración y el asombro auténticos que sentían. Marti se quedó petrificada sobre la arena ardiente con una mirada de mañana de Navidad en los ojos. Aquel no era un castillo Disney con torreones redondos y tejados apuntados que se elevaran y perdieran entre las nubes. El castillo de Sean, construido con arena mojada, se erguía ante ella macizo, real y tan grande que Sean y Patrick trabajaban dentro de las murallas.

Kathy y Cary retorcieron los pies, enterrándolos para no quemarse con la ardiente arena de la superficie. Marti se metió en la parte sombreada del foso, donde una muralla se levantaba ante ella y le llegaba hasta lo alto de la cabeza. Parpadeó, muda de asombro.

—¿Dejáis entrar a Marti? —Kathy habló por la pequeña, cuidándose mucho de que quedara claro que solo pedía permiso para su hermana y no para ella.

Sean no se paró a mirarla. Con un palo raspaba la base de la torre de la muralla para dejarla lisa e impoluta.

—Tenéis que entrar por el puente levadizo.

—Está al otro lado del castillo —añadió Patrick.

En fila india, los tres visitantes cruzaron el tablón de madera de deriva que salvaba el foso y franquearon la muralla.

—¿Qué es eso? —preguntó Kathy refiriéndose a la zona llana en la que trabajaba Patrick apisonando y alisando la arena.

—¿No lo ves? —dijo Patrick con cierto fastidio, aunque encantado de asumir el rol de guía—. Este es el patio de armas. Eso que está construyendo Sean es la torre del homenaje.

—Os ayudamos —anunció Kathy.

—Lo que podéis hacer —dijo Sean— es traer cubos de agua. Tengo que mantener la arena húmeda.

La tarea no revestía la categoría que a Kathy le hubiese gustado, pero como resultaba innegable que el castillo era creación de Sean y, por tanto, dominio suyo, agarró un cubo de mala gana y, con Patrick detrás, echó a correr pendiente abajo, desde la arena blanca y seca hasta la orilla.

Bajo el sol de agosto, los cinco niños se afanaban juntos alisando las murallas y nivelando la arena del patio de armas. Incluso Kathy parecía haberse conformado, al menos por el momento, con salpicar de agua la torre para humedecerla mientras Sean labraba las ventanas.

La única que hablaba era Marti, que iba rellenando latas de café para moldear cilindros perfectos en forma de torres demasiado pequeñas para emplearlas en el castillo. La pequeña daba voz a sus sentimientos no tanto para compartirlos con sus hermanos y su hermana, sino para hacer más reales sus fantasías al expresarlas con palabras. Ninguno de los otros cuatro la contradecía desde sus puestos en el interior de las murallas.

—Esta —dijo la niña de cuatro años señalando lo alto de la torre— es donde viven la mamá, el papá y los cinco hijos. Aquí.
—Su dedito regordete dio unos leves toques al tejado. Sean permitió que la pequeña mella permaneciese en la arena alisada—. La mamá y el papá y los niños viven todos aquí. Viven todos juntos y la mamá y el papá nunca se van.

En un inusitado lapso de armonía, los niños trabajaron juntos durante más de una hora bajo el sol de agosto. Finalmente, fue Cary el que se hartó de recibir órdenes de Sean el Constructor, y plantó uno de los cilindros de Marti sobre una muralla a modo de almena.

La mano de Sean salió disparada y derribó aquel aditamento no deseado. Arrojó la lata de café a la arena, lejos del castillo, donde echó a rodar hacia la orilla.

Cary se puso de pie y pateó la torre con rabia. La fuerza del impacto desmoronó media edificación.

Marti gritó.

Sean se lanzó a por el niño gordo, que retrocedió con torpeza, pisoteando y removiendo la lisa arena del patio de armas. Kathy y Patrick soltaron sendos alaridos de protesta.

Llorando de rabia, Sean le lanzó un puñado de arena a Cary en la cara.

El niño de las gafas se llevó las manos llenas de arena a los ojos, cruzó el recinto del castillo a ciegas, atravesó una muralla y se tambaleó al interior del foso. Fuera, en la arena, sus sollozos borbotearon entre sus manos rebozadas, y el niño se abrió camino como pudo por la playa hacia la casa.

Kathy se levantó.

—Vamos, Marti.

—¡Eso! —gritó Patrick—. ¡Ahora ve a consolar al llorica culo gordo para que se sienta mejor!

Kathy fulminó a Patrick con la mirada durante un largo rato.

—Por si no lo sabías, es la hora de la peli de la una, listo.

—Mientras la niña ayudaba a Marti a pasar por la sección derruida de la muralla, agregó una última coletilla sin mirar atrás—. Y *tú* no la puedes ver.

El niño se quedó pensando en la amenaza de Kathy y, escasos minutos después de ver cómo acompañaba a Cary y a Marti hasta el patio y el interior de la casa, echó a correr por la arena.

En el fresco y oscuro recibidor, Patrick probó los pomos de las puertas de la sala de la televisión para confirmar justo lo que se temía. Estaban cerradas con llave.

Tras enchufar el destrozado televisor portátil a la pared y comprobar que no funcionaba, bajó la escalera enmoquetada y se sentó en el último escalón a escuchar los gritos y los disparos procedentes de la película dentro de la sala. «Seguro que es de vaqueros», pensó. «O de gánsteres.» En cualquier caso, se moría de ganas de vivir de cerca la emoción de la película. Dejó su orgullo en el último escalón y fue hasta la puerta. Llamó con unos suaves golpes.

—Kathy.

Disparos. Gritos indios de guerra. Un chacoloteo de cascos de caballos.

Efectivamente, era de vaqueros.

—Kathy, ¿me dejas entrar?

Una melodía del Oeste fue ganando ímpetu para acompañar el estruendo de los cascos de los caballos.

—Kathy.

Por fin la niña contestó:

—No pienso ni hablar contigo hasta que no haya anuncios.

El niño volvió a sentarse en el último escalón, sacudió la arena de sus pies descalzos, se examinó las uñas de los dedos de los pies, recorrió con una mano una pierna bronceada hasta que tropezó con una costra y paró para rascársela. Aguardó a escuchar el sonido de un anuncio. Por fin cesó el ruido de los tiros y fue hasta la puerta y llamó.

—¿Ya puedo entrar?

Nadie contestó desde el otro lado de la puerta cerrada.

—Kathy.

En la tele, el anunciante traía al espectador una gran noticia: el descubrimiento de un nuevo detergente milagroso.

—Cary.

Una voz habló a través de las lamas.

—Si te dejo entrar —dijo Kathy—, me tienes que prometer una cosa.

—¿Qué cosa?

—Me tienes que prometer que harás todo lo que yo te diga.

Se escuchó otra voz de fondo.

—Vamos, Kathy, ya empieza. Sigue atrapado en la cueva.

—Patrick, ¿lo prometes?

El niño se pasó una mano por la costra de la pierna.

—Patrick Moss, te doy tres segundos para que respondas que sí.

El niño se rascó la arena apelmazada del bañador mojado. Miró a su alrededor por el rellano oscuro.

—Uno. Dos...

El niño del recibidor asintió con la cabeza.

—No te oigo, ¿lo prometes o no? —demandó la niña detrás de la puerta.

—Vale.

—Pero tienes que decirlo.

—Lo prometo.

—Todo. Dilo todo.

—Prometo hacer todo lo que me pidas.

Silencio.

—¿Vas a abrir la puerta o qué?

—Tráeme una Coca-Cola. ¡Y bien fría!

En la playa, Sean notó que empezaba a enfriarse la arena bajo sus piernas. Por encima de él, al oeste, el ocaso hacía que el cielo ardiese con un intenso color rojo. Al oír un cortacésped, miró hacia la casa, que se recortaba oscura contra el azul ciruela del cielo oriental. No brillaba ni una sola luz. Solo el jardinero, un hombre bajito con un vistoso sombrero de paja, se movía en el atardecer. Terminó de pasar la máquina, pasó por encima del murete cargado con una larga caña de pescar, cruzó la arena a grandes zancadas y se subió a las rocas bañadas por las olas.

Sean saludó con la mano desde su castillo.

El jardinero japonés devenido pescador respondió agitando la mano desde las rocas.

Mientras el sol, ahora un enorme disco rojo, se balanceaba sobre el horizonte, Sean se encaminó lentamente desde la elevación de arena seca y a través del brillante borde mojado del mar hasta el hombre.

Bajo el cielo del atardecer, las velas blancas de un queche mudaron en negras siluetas y el mar se oscureció. Sean se detuvo a unos pasos del viejo, lo bastante cerca para ver cómo sus manos encallecidas por el trabajo arrancaban un racimo de los negros mejillones que espigaban las rocas. El pescador fue abriendo las conchas por su hendidura y arrancando la carne naranja para cebar su anzuelo. Ni el hombre ni el niño dijeron nada.

Sean se había acercado al pescador en muchas ocasiones, puesto que era costumbre del jardinero cortar el césped de la pequeña parcela de los Moss a última hora del día y luego pescar desde la orilla. Sean imaginaba que las pocas palabras que había intercambiado con el hombre a lo largo de aquel verano podían proferirse en menos de un minuto, si es que era posible medir de esa forma lo que hablaba la gente. Sean sabía que el silencio entre el pescador japonés y él era de esos en los que ninguno se siente incómodo.

El niño observaba al viejo atentamente.

El proceso de rajar los moluscos no transmitía sensación alguna de destrucción. Es más, a Sean le resultaba de lo más natural lo de arrancar la carne para cebar el anzuelo. El pescador sencillamente se valía de lo que había en el mar, de los mejillones de las rocas, para atrapar los peces de las oscuras aguas.

El japonés se volvió y miró de reojo a Sean. No sonrió. En ese instante, el niño se dio cuenta de que el viejo estaba comprobando que el pequeño se encontraba a una distancia prudencial, lejos del alcance del anzuelo que estaba a punto de lanzar. Una sacudida de la caña envió el anzuelo y la pesada plomada muy lejos por encima de las rocas. El sedal de nailon destellaba bajo la luz del atardecer.

Durante lo que parecieron muchos minutos, el hombre contempló el brillante hilo, y el niño se quedó allí observándolo.

El viento fresco que se levanta con frecuencia en este tramo de la costa al caer la tarde barrió la playa, y Sean encogió los hombros desnudos. Buscó en la abrupta orilla un lugar donde resguardarse del viento, se cobijó al pie de una gran roca y apretó los brazos temblorosos contra su cuerpo.

Una sombra se cernió sobre el niño. Levantó la vista y vio de pie a su lado al pescador, que le tendía una cazadora. Tampoco esta vez sonreía. Simplemente le arrojó la chaqueta al niño y volvió a donde estaba para reponer el cebo del anzuelo y lanzar el sedal.

Pasaron los minutos. Y de pronto, sin mostrar ninguna emoción en la voz, el pescador habló.

—Ven aquí. ¡Rápido!

Sean se acercó corriendo, sorteando las rocas con dificultad, y, para su sorpresa, el japonés le encajó la caña entre las manos. La caña cimbreaba como si estuviera viva. El sedal vibraba de emoción. Sean notó que, en algún lugar bajo la superficie, un pez forcejeaba con el anzuelo.

Sin mediar palabra, el pescador enseñó al niño cómo clavar el pez, cómo recoger sedal y cómo sacar el anzuelo y asegurar la captura.

Y allí estaba: una plateada corvina emergió chapoteando del agua. Los ojos de Sean, muy abiertos de orgullo, parpadearon cuando el hombre se lo dejó claro: le estaba regalando el pescado al niño. El rostro bronceado de Sean se quebró con una enorme sonrisa.

—Gracias. Lo cocinaré para la cena esta misma noche.

Juntos, el pescador y Sean avanzaron pesadamente por la fría arena en dirección a la casa. A la altura del murete del patio, Sean le devolvió la cazadora a su amigo.

El viejo accedió al patio pasando por encima del murete mientras el niño sujetaba el pescado plateado.

—Dile a la criada —el hombre habló en voz baja sin acento extranjero— que no lo cocine demasiado. ¿Has entendido?

Sean hizo un vigoroso gesto de asentimiento con la cabeza.

—Lo cocinaré yo mismo.

En la cocina, donde depositó el pescado en el fregadero, Sean se encontró a Kathy, que lo miró atónita.

—¿Qué le has contado?

—Nada.

—¡Habías prometido no hablar con *nadie*!

—¡No he dicho nada sobre nosotros!

—Pero has *hablado…*

El niño la apartó a un lado de un empujón para poder pasar.

—¡No he dicho nada y ahora voy a darme una ducha caliente!

A solas en la cocina, la niña alzó la corvina por la cola. Despejó el fregadero, soltó el pescado en el eliminador de desperdicios y pulsó el interruptor para accionar el rugiente triturador.

En la oscura sala de la televisión, después de otra cena sacada de la nevera y de los armarios, los niños empezaron a dar cabezadas, a dormirse, a despertarse de un respingo mientras se esforzaban por mantenerse despiertos. Kathy estaba repanchingada en su silla. Marti se chupaba un pulgar y con la otra manita se agarraba con el puño un tirabuzón de la cabeza. La mano regordeta de Cary se deslizó hasta su regazo para contener con un apretón las ganas de abandonar la habitación para ir al cuarto de baño. Patrick dormitaba sobre la moqueta. Apartado de los cuatro y envuelto en su piel de rayas marrones y blancas, Sean estaba tumbado bocarriba detrás del sofá muy concentrado moviéndose un diente flojo con los dedos.

La pantalla emitió un fogonazo al tiempo que una mina explotaba en medio de un sendero, en la jungla, y destrozaba a los soldados enemigos, que salieron despedidos hechos pedazos contra el follaje.

Un vendedor de coches usados, en un tono de voz más alto e insistente que cualquiera de las voces de la película de guerra que acababa de interrumpir, ordenaba con aspereza a los televidentes que se echaran a la autovía raudos y veloces para visitar su concesionario en el corazón del valle de San Fernando.

Kathy alargó la mano hacia el mando y saltó de canal.

Un poblado del Oeste castigado por el sol se alzaba silencioso en medio de un desierto.

—Fijaos bien. Vais a ver como el *sheriff* está en el barbero —dijo Cary.

—Cierra el pico —dijo Kathy.

—Esta la he visto como cien veces.

—Tú cierra el pico, ¿vale? —repuso la niña—. Todos la hemos visto un millón de veces.

Un ruido —no procedente del poblado vaquero de la pantalla del televisor, sino un repiqueteo en la habitación— rompió la quietud. Todos se volvieron hacia la ventana.

Detrás de las cortinas, una serie de golpeteos volvieron a hacer vibrar el cristal.

El miedo movió a los cinco a juntarse. De manera instintiva se agruparon delante del televisor.

Patrick estiró un brazo y casi se atrevió a tocar las cortinas.

—El que fuese que estuviera aquí anoche ha vuelto.

Kathy agarró el brazo del niño.

—No abras. Que nadie se mueva. —La voz de la niña sonaba atenazada de terror.

El cristal vibró en su marco de aluminio.

Los niños se quedaron inmóviles, con los ojos clavados en las cortinas.

Horas después, la interminable sucesión de imágenes, voces, música y sonidos que daba sentido al mundo volvió a captar la atención de los niños con su hechizo y atrajo a los cinco más cerca de la pantalla que nunca. Los niños escuchaban y miraban absortos los rostros de estrellas de cine de dos generaciones atrás.

Los timbrazos del teléfono sacaron a los niños de golpe de su ensueño. Kathy fue al escritorio y descolgó el auricular.

—¿Graziela?

Kathy colgó, dio media vuelta y miró hacia el televisor, desde donde los cuatro niños la observaban. Los otros captaron su temor y, cuando ella se reunió con el grupo, todos se juntaron poco a poco, hasta que sus cuerpos se tocaron. La calidez de esta unión les confirió finalmente la sensación de seguridad necesaria para volver a concentrar su atención en las imágenes.

Uno a uno, los niños Moss se fueron quedando dormidos hasta que solo Sean quedó despierto, envuelto en su piel de cebra sobre el sofá. Se meneó el diente, notando como la encía crujía, hasta que por fin cedió y se desprendió acompañado del intenso gusto metálico de la sangre.

El niño se levantó para acercarse a la luz de la pantalla y poder examinar el diente. Regresó de puntillas al sofá, arrastrando consigo la piel de cebra. Depositó el diente con sumo cuidado; una ofrenda bajo el cojín que le servía de almohada.

Antes de que amaneciera Sean ya estaba despierto. Enterró despacio la mano bajo la almohada, apartó la piel de cebra para incorporarse, levantó el cojín y se encontró el diente justo donde lo había colocado. Lo miró atónito. El diente seguía allí y no había sido reemplazado por una moneda.

Sean pasó despierto la hora siguiente, con la mirada fija en la luz procedente de la película, que parpadeaba en el techo.

9

Cuando Patrick revisó el correo del sábado, no había ni regalos de cumpleaños ni una sola tarjeta de felicitación.

Al entrar en la cocina, ni siquiera la estrepitosa música que brotaba de la sala de la televisión logró distraerle de la desdicha que sentía. Observó a sus hermanos y hermanas hurgar entre la maleza de papeles arrugados como animales hambrientos.

—¡No quedan dónuts rellenos! —exclamó Cary con desesperación—. ¡Ni uno!

También se habían acabado los pastelitos, aquellos densos y empalagosos rollitos de almíbar, y los bollos de canela. De las galletas solo quedaban las migajas.

En un abrir y cerrar de ojos, los cinco estaban encaramados a la encimera, rebuscando en el fondo de los armarios, agitando cajas de cereales casi vacías.

Para la hora del almuerzo, cuatro niños hambrientos habían doblegado la resistencia de Kathy, su temor a salir de la casa, para aventurarse al supermercado de la Colonia. Kathy postergó la excursión el tiempo justo para elaborar una lista de la compra.

—Y también tenemos que comprar verdura y cosas así —manifestó—, ya sabéis, para que de verdad parezca que le estamos haciendo la compra a nuestra madre.

Una vez en el establecimiento, tuvo que mantener a raya a los cuatro para que no llenaran la cesta con todas aquellas marcas que ya les resultaban tan familiares tras incontables apariciones en la televisión. Mientras devolvía a una nevera una pila de pizzas congeladas, envió a Patrick a hacer un recado a la otra punta del supermercado e hizo jurar a los otros niños que guardarían el secreto mientras escogía una tarta de cumpleaños.

—¡Yo me encargo de ir a por las velas! —dijo Cary.

—¡Que no te vea! —le advirtió Kathy.

A la salida, un joven con una melena castaña cuidadosamente esculpida y lacada iba registrando en la caja y pronunciando en voz alta el precio de cada artículo que sacaba del carro y deslizaba sobre el contador hacia el mozo encargado de embolsarlos. La suma total que apareció con un timbrazo en la caja registradora reveló que los niños Moss habían llenado su carrito con productos de alimentación por valor de treinta y un dólares con setenta y tres centavos. Al mismo tiempo que el cajero se pasaba una mano por su larga cabellera, tendió la otra para recibir el pago. Kathy estaba indicando al mozo de las bolsas cómo colocarlas en el carrito. Se giró para mirar al cajero.

—El gestor de mi padre es el que se encarga de pagar todas nuestras facturas.

El joven de la caja registradora se volvió hacia el mozo de las bolsas y le indicó con un gesto que la compra no debía salir del supermercado.

—Es verdad —dijo Sean.

—Usa el micrófono —dijo la niña—. Pídele al gerente que venga. Se lo puedes preguntar a él.

La llamada amplificada del cajero hizo acudir al encargado, que a su vez convocó a un hombre con corbata negra y clip de jade, que sonrió e indicó al cajero y al encargado que lo que decía la bronceada muchacha era perfectamente cierto. Sonrió de nuevo a los cinco niños.

—Vosotros sois los de la criada que compra tantos aguacates, ¿verdad?

Kathy, una muy seria clienta infantil, hizo un gesto de asentimiento con la cabeza. Sus hermanos aguardaban expectantes. Marti paró de hacer rechinar su globo de cortesía.

—¿Dónde está hoy?

La inmutable pequeña Kathy miró directamente a los ojos del gerente y dijo con rotundidad:

—Hoy está con la regla.

Bajo el sol poniente, los cinco pasaron la garita de la entrada de la calle particular de la Colonia. Dentro, el viejo guarda alzó la vista de un periódico y saludó a los niños de manera cansina con un gesto de la mano mientras ellos pasaban empujando el carrito de la compra. Kathy se volvió en primer lugar hacia sus hermanos y su hermana, luego miró la calle de arriba abajo; estaban solos. Sin poder contener su júbilo, sucumbió a un ataque de risa.

—¡Lo logramos! ¡Lo logramos! ¡Lo logramos!

Los niños se colocaron riendo detrás del carrito, empujaron con todas sus fuerzas y lo hicieron rodar tan rápido como permitía el asfalto irregular hasta la verja trasera de su casa.

—Shhh —advirtió Kathy—. No hay que hacer ruido. Así los tontos de los vecinos no sospecharán nada.

Los niños le dieron la razón asintiendo con la cabeza y, cargados con bolsas, los cinco cruzaron la verja con la compra, subieron por el camino de entrada y la dejaron en la cocina.

Solo cuando el carrito quedó vacío y todas las bolsas estuvieron sobre la encimera se dejaron los cinco llevar por la emoción. Airearon su triunfo a gritos, se abalanzaron sobre las bolsas de papel marrón, las rasgaron y desparramaron la compra. Kathy guardó la comida perecedera.

Cary forcejeaba con Patrick por un paquete envuelto en celofán de galletas rellenas de malvavisco bañadas en chocolate con la que pretendía escapar a la sala de la televisión, pero Kathy le bloqueó el paso. Señaló con un dedo a Patrick, que estaba de espaldas, y habló en voz baja al niño con las galletas.

—Antes tenemos que hacer otra cosa.

Cary se encogió de hombros, pero atravesó el celofán con un dedo.

Kathy se giró hacia el otro niño, que estaba rasgando el cartón de una caja de cereales azucarados de desayuno.

—Patrick, vete un rato a ver la tele.

El niño contuvo las ganas de saltar y enzarzarse en una discusión para oponerse a la orden; había detectado un tono distinto, un dejo de preocupación que muy pocas veces percibía en la voz de su hermana.

Kathy añadió:

—Es solo un minuto.

Patrick lanzó un rápido vistazo a los demás, enderezó la espalda y salió con aire muy digno de la cocina.

—Vamos —dijo Kathy—, deprisa. Cary, tú coge la tarta y coloca las seis velas. Sean, tú ve a por el regalo. Marti y yo vamos a subir a por la grabadora.

En el dormitorio de Kathy, en la planta de arriba, la niña rescató el magnetófono de una estantería, encajó una cinta de carrete en una bobina, accionó la máquina a volumen muy bajo y comprobó con satisfacción que se trataba de la cinta que ella quería. Colocó el magnetofón a un lado, corrió hasta la habitación de sus padres y se metió en el vestidor de su madre.

Marti corrió tras su hermana, que se estaba quitando la sudadera. La pequeña observó a Kathy descolgar un minivestido de cóctel de una percha y encajárselo encima del bikini. El vestido, que quedaba por encima de las rodillas de Paula Moss, cayó hasta los tobillos de la niña, y Kathy torció el gesto al contemplarse en un espejo de cuerpo entero. Marti, embelesada, exigió un vestido para ella, pero Kathy, que seguía mirándose con el ceño fruncido, descartó la idea.

—Eres demasiado pequeña —refunfuñó.

Marti se puso a protestar a gritos, y Kathy dejó de mirarse en el espejo para distraer a la niña.

—Tengo algo mejor para ti. Ven.

Marti trotó detrás de Kathy hasta el tocador con luces de su madre, donde Kathy seleccionó un pintalabios y retiró el capuchón dorado. Desenroscó un poco la barra para que asomase la punta y ordenó a la niña que se quedara muy quieta mientras aplicaba un tono rosa pálido sobre los labios de Marti. La pequeña se abrió un hueco frente al espejo para poder mirarse al mismo tiempo que Kathy se inclinaba hacia delante y se pintaba los suyos. Marti imitaba cada gesto de su hermana mayor. Al igual que Kathy, juntó y frotó los labios uno contra otro.

Muy contentas por haber cumplido con éxito tan femenina misión, las dos niñas se alejaron del tocador. Kathy colocó un par de zapatos de su madre sobre la moqueta azul e introdujo en ellos sus pies desnudos meneándolos de un lado a otro.

La niña mayor, cargada con el magnetófono, y Marti, que iba subiéndose unos guantes largos que le colgaban de las manos, bajaron las escaleras raudas y en silencio y entraron en la cocina, donde Cary estaba clavando muy recta una sexta vela azul en el glaseado de la tarta. El niño se lamió los dedos y examinó los atuendos de sus hermanas.

—Ahora vengo —susurró y salió por la puerta a toda prisa.

Sean entró corriendo en la cocina con el regalo de Patrick: un sobre con sello, destinatario y dirección. Kathy comprobó el contenido y vio que había tres tapas de cajas de cereales azucarados y un billete de un dólar. Sean explicó que estaba todo preparado:

—Ahora solo tiene que echar esto al buzón y el cartero le traerá esa Luger de plástico que le vuelve loco cada vez que la anuncian en la tele.

—Hay que ponerle un lazo —dijo Kathy, pero calló de repente y se volvió hacia Cary, que estaba plantado en la puerta, perdido entre los pliegues de una de las americanas de corte deportivo y grueso tejido invernal de su padrastro. El niño se anudó un corbatín al cuello y se caló una gorra marinera azul y dorada sobre su alborotada cabellera. Kathy susurró:

—Cary, ve a ver si Patrick nos está espiando.

—¡Menuda supertarta de cumpleaños!

Kathy, Sean y Cary se volvieron de golpe y se encontraron a la mujer a la que Marty Moss llamaba Nevins plantada en la puerta de la cocina. Había entrado por la parte de atrás. Con sus grandes dientes, su enorme sonrisa, el corte de pelo a lo chico y un traje blanco de lino que cubría su alta figura, parecía llenar la cocina con su presencia: aquí y ahora se hallaba entre ellos, de pronto, el adulto definitivo.

—Y llego justo a tiempo. —Nevins les enseñó un reluciente regalo envuelto en papel azul metalizado con un lazo brillante—. ¿Dónde está Patrick?

—Está viendo la tele —se apresuró a contestar Kathy—. No sabe lo de la tarta. Es una sorpresa.

—¿Y Marti?

—Está con él.

Kathy y sus dos hermanos observaron apartarse de ellos los ojos azul claro de Nevins para evaluar la cocina muy despacio. Kathy habló:

—¿Ha visto qué desastre?

Nevins no dijo nada, pero arqueó las pálidas cejas. Los delgados brazos de Kathy se abrieron para abarcar el desaguisado en su totalidad.

—Han venido todos los niños de la playa. Un jaleo. Se acaban de marchar. ¡Menudo pringue!

Sean y Cary contuvieron la respiración. ¿Se lo habría creído Nevins? Kathy se fijó en que la mujer estaba mirando las velas sin encender y se apresuró a ofrecer una explicación.

—Esta tarta es solo para la familia…

—Y por cómo vas vestida —dijo Nevins— me imagino que tú eres la madre.

—Y yo soy el padre —anunció Cary.

Nevins escudriñó las cajas vacías, los envoltorios rasgados, las salpicaduras y los pegotes de comida pisada.

—¿Y dónde está la criada? ¿Dónde está…? ¿Cómo se llamaba?

—Aguacates.

—Eso, Aguacates.

Cary miró a su hermana. Sean empujó con el pie desnudo una pasa aplastada en el suelo. Kathy se apartó el pelo de la cara y miró a Nevins a los ojos.

—¡Es tonta del culo! Se olvidó de comprar el helado con pepitas de chocolate y ha tenido que volver al supermercado a por él.

Nevins se dio la vuelta muy despacio, examinando la cocina.

—Es increíble. Voy a tener que hablar seriamente con ella sobre esto.

—Bueno, es por la fiesta esta que le contaba. Ha venido prácticamente media playa. Íbamos a ayudarla a limpiarlo todo. Justo después de…

—¿Y cómo está el resto de la casa? —Nevins se dirigió a la puerta.

Kathy casi se deja llevar por el pánico.

—Ha pasado la aspiradora esta mañana. ¡Pero no deje que Patrick la vea! —La mujer se detuvo en seco—. Lo digo porque debería pensar que el regalo realmente es de Marty…

Nevins se asomó al recibidor para lanzar una ojeada hacia la sala de la televisión. Se volvió y miró a Kathy con seriedad.

—Estaréis comiendo bien, ¿verdad?

Antes de que Kathy tuviera tiempo de responder, Nevins abrió la nevera y examinó el contenido. Allí, en los estantes de rejilla, estaban los envases de queso fresco, la mantequilla, los huevos, las frutas y verduras que Kathy había anotado en su lista. Nevins hizo un gesto de aprobación con la cabeza y cerró la enorme puerta blanca. Echó una ojeada a su reloj.

—¿Cuánto tarda en ir y volver del supermercado?

—Pues depende de si en la tienda se encuentra con otra criada que hable español. Seguro que ya está con alguna. ¡Mi madre, lo que cotillean cuando se juntan!

Nevins consultó otra vez su reloj.

—Me sabe fatal tener que marcharme antes de que vuelva…

Ninguno de los niños se atrevió a mirar a la mujer.

—Dadle esto a Patrick. —Les tendió el regalo—. Y lo más importante… —Calló y sacó una libreta y un lápiz del bolso. Hizo unas rápidas anotaciones y arrancó la hoja—. Toma. No olvides darle esto a ella. Dile que me pasaré a echar un vistazo la semana que viene. Espera, dame. Le anoto eso también. —Volvió a repasar la cocina con la mirada—. Se despista una un segundo, y estáis viviendo como cerdos. —Dio un paso hacia la puerta trasera, y los tres niños no abrieron la boca por miedo a hacerla retroceder—. ¡Felicitad a Patrick de mi parte! —Se detuvo, probó un pellizco de glaseado de la tarta con un dedo largo y salió de la cocina a grandes zancadas.

Cary se quitó las gafas y limpió los cristales con la camisa.

—¡Qué bueno lo del supermercado!

—Ya, pero ¿y si llega a quedarse a esperarla? —preguntó Sean.

—No se ha quedado. —Kathy abrió una caja de cerillas—. Venga. Le toca a Cary encender las velas. Yo voy a preparar el magnetofón.

—¡Marti!

La pequeña entró corriendo en la cocina y frenó en seco. Los ojos se le fueron agrandando a medida que la tarta de chocolate se iluminaba con las llamas titilantes.

Tras depositar la tarta sobre la mesa de la cocina, los dos niños y Marti siguieron a Kathy hasta la sala de la televisión, donde Patrick fingía estar ensimismado con la película. Cuando Kathy le ordenó que se colocara delante de Cary para que este le vendara los ojos, el niño, de costumbre tan respondón, obedeció al instante. Estaba haciendo un gran esfuerzo para no sonreír.

—Dale tres vueltas enteras —dijo Kathy.

La niña puso a sus hermanos y a su hermana en fila. Situó a Patrick delante y, con la mano sobre su hombro, guio a los cuatro hasta el recibidor. Kathy conectó el magnetófono a todo volumen y un coro multitudinario de voces profesionales se elevó desde el aparato para llenar la oscura casa con el «Cumpleaños feliz».

Patrick sonrió de oreja a oreja mientras Kathy conducía a su tribu a la cocina.

Antes de que los niños alcanzasen la puerta, un brillante fulgor, demasiado luminoso para provenir de las seis velas de la tarta, tembló en el interior. Marti gritó al mismo tiempo que los otros tres niños vieron las cortinas del rincón del desayuno en llamas. Los niños se quedaron quietos un buen rato, impotentes, observando cómo el fuego iba elevándose delante de las ventanas. Patrick se arrancó la venda de los ojos. Sean fue el primero en reaccionar.

—¡Agua!

El mayor se abalanzó hacia delante para arrancar las cortinas de los rieles, pero el fuego le hizo retroceder. El agua de los cazos que Kathy y Cary llenaban y arrojaban contra las cortinas apenas frenaba el avance de las llamas.

Sean corrió a la puerta trasera.

—¡Voy a por la manguera!

En cuestión de segundos, un chorro de agua procedente de la boquilla de una manguera salpicó la ventana. Dentro, al otro lado del cristal, las llamas saltaron hasta el techo.

—¡Abrid la ventana! —gritó Patrick.

Kathy intentó alcanzar el pestillo de la ventana, pero se cubrió la cara con las manos al instante para protegerse del calor y reculó, tosiendo.

Patrick corrió hacia delante.

—¡No te acerques! —gritó Kathy.

El niño hundió la cara en el brazo, que llevaba levantado como un escudo.

—¿Puedes buscar algo para romper el cristal? —gritó Kathy—. ¡PATRICK! ¡QUIETO! ¡NO TE ACERQUES!

Patrick miró a su alrededor a la desastrada cocina y a la cantidad de papeles tirados por todas partes, listos para incendiarse. Blandiendo en alto lo mejor que encontró para romper el cristal, una pequeña escalera metálica de mano que había debajo de una mesa, se abalanzó hacia la ventana del rincón del desayuno.

Desde el exterior, Sean estrelló la pesada boquilla contra el cristal, que se hizo añicos con una lluvia de esquirlas. Un fragmento especialmente grande, una cuchilla, cayó sobre el brazo de Patrick como una hachuela sobre un taco de carnicero. El niño dejó caer la escalera de aluminio sin soltar un solo grito. Como los demás, estaba tan preocupado por las cortinas incendiadas que no sintió nada.

En cuestión de segundos, Sean sofocó las llamas con la manguera. Las cortinas colgaban chamuscadas y chorreantes de agua, el suelo era un pequeño lago. La pared y el techo estaban negros de hollín.

Solo cuando Sean regresó corriendo a la cocina y los tres niños que estaban en el recibidor se atrevieron a entrar, repararon todos en el brazo ensangrentado de Patrick.

10

Una oleada de pánico recorrió al pequeño grupo mientras observaban la sangre de Patrick chorrearle entre los dedos. Cary reaccionó el primero.

—¡Hay que llamar a un médico!

—¡Tardará demasiado en llegar! —Sean alcanzó el trapo con el que le habían vendado los ojos a Patrick y se lo enrolló sobre la herida del antebrazo.

—¡El socorrista! —sugirió Cary con urgencia.

—¡No! —atajó Kathy de manera contundente—. ¿Cuántas veces tengo que repetirlo? ¡No podemos decírselo a *nadie*!

—Aprieta fuerte —dijo Sean mientras cogía a Patrick y apartaba a Kathy de un empujón para conducir a su hermano pequeño desde la cocina hasta la puerta principal, por donde salió con él a la playa.

Kathy, que había salido corriendo detrás, intentó detener a Sean.

—¡No podemos avisar al socorrista, nos hará preguntas!

Cary y Marti, contagiados por el frenesí de la emergencia, alcanzaron a Kathy y se unieron a la ardua persecución de los dos niños por la arena.

La niña se dio cuenta de que no iba a convencer a Sean y se quitó los zapatos de su madre para adelantarse. Al menos lideraría ella a su familia hasta la playa y mantendría la situación bajo control encargándose de contestar cualquier pregunta. Cary iba a la zaga, a trompicones, con la pesada americana de su padre aleteando entre sus piernas, tratando de no quedarse atrás. Marti era la única que avanzaba tan lenta como él, y la tomó de la mano para tirar de ella.

Los cinco corrieron por delante de las casas de playa de la Colonia hasta que llegaron a las rocas que separaban la playa privada de la pública. Unos cuatrocientos metros más adelante, sobre un pequeño promontorio en medio de la famosa playa de surfistas de Malibú, se hallaba su destino: una caseta de salvamento.

Al acercarse al promontorio, Sean divisó al socorrista, que en ese momento arriaba la bandera en su caseta amarilla. El bronceado joven empezó a desenganchar la bandera roja, blanca y azul de la driza, y Sean se volvió a gritarles a los otros cuatro.

—¡Rápido! ¡Ya está recogiendo!

El socorrista plegó la bandera, la metió dentro de la caseta, salió y se apoyó en la barandilla para echar un último vistazo a la playa. Su labor era proteger a los surfistas que cabalgaban las pequeñas olas del rompiente, a unos cien metros de la caseta. Calculó que en ese momento habría unos treinta de ellos allí fuera, braceando y compitiendo para hacerse con la mejor posición desde donde coger una de las olas que se rizaban rápidamente antes de romper y rodar hasta la playa.

Cary, con la cara roja de sofoco, corría como podía tras los demás. Respiraba de manera entrecortada. El corazón le latía desbocado, e iba maldiciendo sus diez kilos de más y también a sus hermanos y hermanas, que corrían por delante.

Sean se detuvo para echar un vistazo al brazo de Patrick y comprobó que el niño llevaba bien apretado el trapo, deteniendo la hemorragia. Entonces hizo una señal para que parasen todos a descansar y darle así a Cary la oportunidad de alcanzarlos. Kathy tomó aire.

—¡Pregunte lo que pregunte, no dejéis que Patrick le cuente *nada de nada* al socorrista! —ordenó casi sin aliento.

Sean reemprendió la carrera cuando vio que el socorrista ya estaba cerrando los postigos de la caseta para la noche. Tiró de su hermano para que lo siguiera.

—Socorrista. Mi hermano… se ha hecho un corte muy malo.

El socorrista ni siquiera se molestó en mirarlos desde arriba: de un solo movimiento, se agarró a la barandilla de la escalera de la caseta y saltó al suelo. Su mirada veterana cayó sobre el vendaje, y levantó el trapo para examinar la herida. Juzgó que probablemente no se debía a un accidente en el agua o en la playa, porque el corte no se encontraba en el pie ni la pierna. Supuso que el niño del brazo ensangrentado se había caído de la bicicleta sobre los cristales de una botella rota.

El bronceado joven, con un desgastado bañador rojo de socorrista, se apartó el pelo de los ojos, apoyó una mano sobre el hombro del niño y lo condujo hacia la ducha de la playa. Kathy y los demás los siguieron. Mientras el socorrista frotaba la sangre coagulada, Kathy no le quitaba a Patrick los ojos de encima, pero el niño no dijo nada. El socorrista no parecía querer una descripción detallada del accidente, puesto que no hizo ninguna pregunta. Lo habían pillado cerrando la caseta para irse a casa y ahora no iba a dedicar al asunto más tiempo del estrictamente requerido para cumplir con su deber.

El socorrista usó cuatro gasas para limpiar el profundo corte. Cuando frotó la herida con un algodón empapado en desinfectante, Patrick se estremeció, pero no emitió sonido alguno. Dos gasas extra, dobladas y bien apretadas contra la herida por medio de una tira de esparadrapo, detuvieron la hemorragia y protegieron el corte de la arena. De principio a fin, la operación de primeros auxilios había requerido menos de tres minutos, y durante ese tiempo el socorrista había logrado mantener un ojo en los surfistas que seguían en el agua. Cerró el botiquín y se lavó las manos.

—Sobrevivirás.

—Gracias —dijo Sean, y Patrick expresó su agradecimiento con un gesto de asentimiento sin apartar los ojos de su vendaje.

Sean empezó a tirar de Patrick para alejarse de allí.

—Eh, no tan deprisa —dijo el socorrista—. Tengo que escribir un informe.

Al oír la temible palabra, Sean se volvió hacia Kathy.

—¿Un informe?

Sean habló a la espalda morenísima del joven, y detestó su voz por quebrarse de miedo.

—Un informe de accidente.

Sean no volvió a mirar a Kathy. Sabía que la niña, que no había abierto la boca delante del socorrista, tenía los ojos clavados en su espalda y esperaba que evitase a toda costa que Patrick respondiera a ninguna pregunta.

—Ya, pero… él está bien, *¿no?*

El socorrista se secó las manos con una toalla.

—No os mováis de aquí, voy a buscar los formularios…

Kathy decidió intervenir.

—También es mi hermano.

El joven colgó la toalla en la escalera y se volvió para mirarla. Si la visión de aquella niña tan flaca con un vestido negro de noche hasta los pies le pareció estrambótica, estaba demasiado ocupado para hacer comentario alguno.

—Como está bien y tal —dijo la niña—, no hace falta que se tome la molestia de redactar un informe y todo eso. O sea, mejor nos lo llevemos a casa ahora mismo.

Kathy pasó el brazo por el interior del codo del brazo sano de Patrick para llevárselo de allí.

—¿No me has oído? He dicho que esperéis aquí un momento. —El tono del socorrista frenó los pasos de la niña—. Y hay que avisar a la madre. ¿Os ha traído ella a la playa?

Kathy no dio oportunidad a que Patrick respondiera.

—Nuestra madre está en Italia.

—¿Y vuestro padre?

—Está con ella.

—¿Y quién cuida de vosotros?

Kathy vaciló una milésima de segundo. No miró a nadie. El joven socorrista con mechones de pelo clareado por el sol delante de la cara estudió el rostro de la niña con atención.

La niña tartamudeó.

—Nuestra niñera, claro.

—¿Y está aquí, en la playa?

—Sí. Bueno, no.

—¿Dónde está?

—En casa.

Sean asintió con la cabeza.

—Entonces será mejor que la llame por teléfono. ¿Cuál es el número de vuestra casa?

—Bueno, en realidad no está en casa. O sea, ahora no.

El socorrista, que en todo momento parecía estar pendiente de los de la caseta y los del mar a partes iguales, desvió la vista una vez más hacia la rompiente y dejó que sus ojos se pasearan por toda la ensenada y luego a lo largo y ancho de la playa. Un pequeño grupo de personas que se encontraba de pie en la orilla mirando hacia las olas llamó su atención.

Por su postura y por la intensidad de sus gestos, supo al instante que sucedía algo. Alcanzó los prismáticos, que estaban colgados de la escalera, y enfocó con ellos el agua, donde divisó un objeto blanco que flotaba delante del grupito. Miró de nuevo. A través de las potentes lentes, un cuerpo se dejó ver un instante antes de que una ola lo envolviera y lo arrastrara hasta la orilla. La bronceada mano del socorrista se tensó en torno a los prismáticos negros. Bajó los binoculares para mirar con sus propios ojos, como si no acabara de creer lo que veía.

Kathy levantó la vista cuando le oyó murmurar.

—Dios mío, un cadáver.

La niña se giró, y sus ojos rastrearon la zona de la orilla hacia donde los prismáticos apuntaban nuevamente.

El socorrista inspeccionó la escena con mayor detenimiento. A través de las lentes observó otra ola elevar el cuerpo vestido de blanco. Por su experiencia, e incluso a partir de aquella somera inspección, supo que el cadáver flotante no era fruto de un ahogamiento reciente, y al punto se sintió aliviado. No era un surfista; a él no se le había pasado nada ese día. Dejó escapar el aire que contenía desde hacía rato por un miedo repentino a haber fallado.

Los niños observaron sus piernas morenas trepar por la escalera para acceder a la caseta. Le escucharon telefonear al operador de emergencias de la central.

—Tengo un cadáver en el agua…, entre el Marlin y la caseta. Avisa al *sheriff*, ¿vale? Yo voy a sacarlo a la orilla.

El socorrista saltó a la arena desde la caseta, sacó una manta gris del interior de una taquilla y dejó allí a los niños, mientras partía hacia la orilla con una carrera controlada. Kathy y los demás lo observaron alejarse. Sean habló primero.

—¡Venga, vamos a ver qué pasa!

Kathy se puso muy tiesa.

—¡No!

Sean no se quedó a discutir con su hermana. Echó a correr; sus hermanos y, al final, también Kathy con Marti, lo siguieron por la arena mojada correteando en fila hacia el restaurante Marlin.

Durante las marejadas y las tormentas, el Pacífico rompía contra los pilotes del pantalán desde donde el Marlin se cernía sobre las olas. Aquella apacible tarde, por encima del mar en calma, los turistas ocupaban la terraza, sentados en pequeñas mesas con velas que titilaban en el interior de farolillos rojos. Estas personas de más edad bebían cócteles y paladeaban camarones mientras observaban a los jóvenes surfistas bajo el sol poniente.

Un camarero mexicano con una almidonada chaquetilla blanca detuvo su carrito repleto de vajilla sucia junto a la barandilla y se asomó a la playa desde lo alto. Divisó al socorrista corriendo, a la pequeña muchedumbre de jóvenes surfistas y sus novias que se reunían junto al agua. Los cinco niños que corrían detrás del socorrista se acercaron, y el joven de pelo oscuro escudriñó desde el pantalán a la niña del vestido largo y al niño gordo de la americana deportiva de talla de hombre que avanzaba a trompicones tratando de no quedarse atrás.

Dos parejas de mediana edad provistas de sendos martinis paseaban por el pantalán enfrascadas en la admiración del hermoso atardecer y, al captar la expresión de alarma del camarero, se acercaron a la barandilla para asomarse a la zona de la playa hacia donde él miraba. El camarero abandonó el carrito para alejarse de los clientes, se plantó al final de la barandilla y se quedó mirando desde lo alto de las escaleras que bajaban a la arena.

—Mirad —dijo una de las mujeres, que alargó la mano y recuperó sus gafas del interior del bolsillo de su marido—. ¿Adónde va tan deprisa ese socorrista? —No esperó una respuesta—. ¿Vosotros habéis oído a alguien pedir socorro?

La otra mujer ahogó un grito y señaló hacia el océano.

Las dos parejas asomadas a la barandilla vieron entonces el cuerpo de blanco cabecear en el agua conforme era arrastrado a la orilla, donde una ola lo volteó. Los cuatro se abrieron paso a empujones junto al camarero apostado en lo alto de las escaleras para situarse de cara al océano.

Con cuidado de no derramar sus martinis, se apresuraron a bajar los peldaños. En la arena, los altos tacones de las mujeres se hundían en la blanda humedad a medida que avanzaban tambaleándose hacia la muchedumbre cada vez más numerosa.

El socorrista hizo a un lado a los curiosos con el fin de extender la manta sobre la arena y adentrarse en el mar.

Los cinco niños se agolparon detrás de los adolescentes y de los hombres y mujeres que les impedían ver al nadador.

La visión del cadáver flotando en el agua atrajo hasta la playa a otras parejas del Marlin. La emoción inicial de las voces se apagaba cada vez que un nuevo grupo de comensales se reunía con los demás, que estaban en la playa dando sorbitos a sus copas y mezclándose con los bronceados jóvenes en bañador.

De la muchedumbre solo brotaba algún murmullo mientras se protegían los ojos de la luz del atardecer que fulguraba detrás del nadador.

—¡La tiene!

El socorrista hizo una señal a un surfista, que deslizó su tabla sobre el agua. Luego, entre los dos, cargaron la yerta mole blanca sobre la tabla y la empujaron hasta la orilla.

Kathy y los otros niños se abrieron paso entre la gente y llegaron a primera línea justo en el momento en que el socorrista arrastraba a la mujer ahogada fuera del agua y la pasaba de la tabla a la manta que tenía preparada. A los pies de los niños, el cuerpo magullado y grisáceo se bamboleó en el interior de un uniforme blanco empapado y roto. Un rostro tumefacto los miró desde el suelo.

Marti no gritó al mirar a la muerta, pero sus labios se prepararon para articular el nombre de la criada. Sean dio media vuelta a la pequeña y la alejó de allí, abriéndose paso entre los mirones. Los niños y Kathy miraron para otro lado.

Las dos mujeres del restaurante Marlin enmudecieron de espanto, pero la mayoría de los curiosos se agolparon hacia delante y se preguntaron unos a otros por la mujer ahogada que tenían delante.

—¿Qué crees que le habrá pasado? —Se volvió a preguntarle a su marido una mujer, mientras se encendía un cigarrillo.

El hombre respondió sin titubear.

—Será otro de esos asesinatos sexuales.

—No parece mayor —dijo una muchacha de pelo negro mojado.

—¿Ha vis... ha visto alguien lo que... lo que ha pasado? —tartamudeó una chica en bikini, a la que le castañeteaban los dientes de frío.

—Qué va —dijo un surfista—. Esta chica lleva por lo menos un día en el agua. ¿Ves que los cangrejos ya se han cebado con ella?

—¿Quién era?

Todavía chorreando agua, el socorrista dobló la parte sobrante de la manta gris y la extendió sobre el cuerpo al mismo tiempo que levantaba la vista. Dos hombres en bañador y cortavientos rojos corrían a su encuentro. El empapado socorrista tiritaba en las sombras crecientes del ocaso. Estaba informando sobre lo sucedido a sus compañeros del Centro de Coordinación de Salvamento cuando aulló una sirena.

Un coche patrulla con una parpadeante luz roja se detuvo en la autovía. Dos agentes de la subcomisaría de Malibú se abrieron paso entre la multitud hasta los socorristas y empezaron a tomar notas en sendas libretas negras. Uno de los policías se volvió hacia los que estaban en la playa. Por el tono pesimista de su voz, quedó claro que no esperaba una respuesta, pero aun así preguntó si alguien reconocía a la víctima. Un murmullo de negativas y el repliegue de los curiosos confirmaron su predicción.

Los cuatro niños Moss clavaron sus ojos en Kathy. Muy despacio la niña fue alejando a los suyos del cadáver. Cuando ya no los podían oír ni los socorristas ni los policías ni los demás, se dirigió a ellos con un susurro.

—Nos vamos a casa. ¡Ahora mismo! Pero recordad que tenemos que caminar despacio para que no se fijen en nosotros.

Cary vaciló y miró hacia atrás.

—Nadie sabe que es ella —dijo Kathy—. ¡Venga, Cary, vámonos!

Pero Cary se quedó en el sitio, con la vista clavada en la terraza del restaurante Marlin donde titilaban las velas. Los otros alzaron la vista para ver qué tenía a su hermano petrificado.

Desde la barandilla del pantalán donde estaba apoyado, el camarero de la chaquetilla blanca no apartaba los ojos de los niños.

—Es él… —murmuró Cary.

El hombre moreno y los niños se miraron fijamente durante lo que parecieron varios minutos, aunque probablemente solo fueran unos pocos segundos.

Kathy rompió el hechizo tirando salvajemente de Cary y dándole un empujón para que empezara a caminar hacia la casa. Los demás se zafaron de la penetrante mirada del hombre y echaron a correr con dificultad, dejando atrás la caseta del socorrista y al puñado de surfistas y chicas que andaban todavía tumbados por la playa con sus transistores escupiendo música rock.

En un tramo de arena desierto, Kathy espoleó a su prole y la condujo a toda velocidad hacia el saliente que separaba la playa de surf de la zona privada de baño de la Colonia. Les faltaba el aire, y uno a uno los niños se echaron a toser y aminoraron el paso hasta detenerse por completo.

Kathy se volvió hacia la playa para mirar a la muchedumbre reunida al pie del restaurante y a dos hombres que subían con una camilla por un sendero donde los esperaba una ambulancia blanca con las puertas traseras abiertas. La niña sintió un desagradable escalofrío cuando divisó al hombre de la barandilla del Marlin bajando las escaleras. Lanzó una mirada a Sean, que se había acercado y se hallaba ahora a su lado. También él vio al Jeta, el hombre ataviado con una chaquetilla blanca que refulgía con los últimos rayos de sol mientras caminaba hacia ellos por la arena endurecida de la orilla.

11

El murmullo de las olas lamiendo la orilla era el único sonido que quebraba la serenidad de la tarde. Sin una brisa cargada de rocío o de bruma que mitigase la luz, cada roca, cada poza, cada rastro de alga, huella o guijarro, cada blanca gaviota se perfilaba con aguda claridad contra el sol poniente.

Las pozas de la bajamar que destellaban entre las rocas húmedas reflejaron a los cinco niños corriendo a trompicones por la arena mojada. Cuando llegaron a las piedras que separaban la zona de surf de la playa de arena blanca de la Colonia, los niños hicieron otro alto para recuperar el aliento.

Miraron adelante.

Más allá de las rocas quedaban la extensión de arena rastrillada, las casas de la Colonia y su hogar.

Kathy se volvió hacia la playa a su espalda, donde el largo rastro de sus huellas horadaba la arena. A lo lejos se vislumbraba el titilar de las velas del Marlin, el parpadeo de la luz roja de un coche de policía, pero la muchedumbre que se había reunido en torno al cadáver en la orilla del mar estaba ahora tan lejos que apenas se divisaba.

Sean se acercó a Kathy. Titubeó.

—¿Tú crees que todavía nos sigue?

—No lo veo desde aquí —respondió la niña—. ¿Tú lo ves?

La playa parecía vacía salvo por la presencia de una pareja de adolescentes en bañador que paseaban por la arena a un cachorro atado a una larguísima correa. Las gaviotas planeaban en el cielo.

—¡Mira! —La voz de Patrick sonó libre de toda emoción.

Un hombre empezaba a adentrarse caminando en su campo de visión, un hombre vestido con chaquetilla blanca y pantalón negro.

—¡Vamos! —gritó Kathy al mismo tiempo que tiraba de Marti—. *¡Corred!*

Impulsados por el miedo, los cinco subieron a trompicones la pendiente de blanda arena hacia el murete del patio.

Nadie paró a sacudirse los pies en el enladrillado, sino que entraron corriendo en casa y cerraron la corredera de cristal. Kathy pasó el pestillo y echó las cortinas mientras Cary y Sean se apresuraban a asegurar puertas y ventanas por toda la casa.

Marti, tiesa y muda de emoción, fue directa al televisor y subió el volumen.

Según se acomodaba la pequeña delante de la película, Patrick echó una carrera hasta una de las esquinas de la sala de la televisión y se hizo con una de las lanzas africanas. Luego cruzó la estancia hasta la cristalera y oteó por la rendija de las cortinas.

—¿Lo ves? —preguntó Kathy.

—Todavía no —respondió el niño, que vio que su hermana estaba mirando la lanza. Dudaba que fuera a servirles para algo.

Sean y Cary regresaron de su repaso de las otras habitaciones y miraron al niño tras las cortinas con la lanza. A Marti, sola ante el televisor, se la veía despreocupada, pero los demás estaban expectantes, iluminados tan solo por el resplandor de la pantalla. Por fin Cary se atrevió a expresar en voz alta lo que todos se estaban preguntando.

—¿Pensáis que va a venir aquí? O sea, si viene, ¿qué hacemos?

—Llamar a la policía —dijo Patrick.

—Eso, ¿para que nos pregunten dónde está la niñera? —Kathy lo fulminó con la mirada; era increíble que el niño se atreviera a sugerir que rompieran su promesa de esa manera.

—¿Entonces qué? —preguntó Patrick.

Kathy aparentó encontrarse sumida en sus pensamientos e hizo un gesto para que no la molestasen, una manera de cubrirse y no tener que responder a la pregunta de su hermano.

Sean se volvió hacia Patrick, que seguía junto a las cortinas.

—¿Lo ves?

—Todavía no.

En la creciente oscuridad del ocaso, un cigarrillo emitió un resplandor tan leve que Patrick no alcanzó a verlo. El Jeta, en la arena mojada, cerca del murmullo de las olas, observaba la casa.

Patrick dejó caer la cortina, se plantó delante del televisor, tiró la lanza a su lado sobre la moqueta y se acomodó panza abajo. Sean fue a por su piel de cebra y Kathy ocupó su sitio en la silla. El miedo que los niños habían excluido de la sala —lo que fuera que acechaba desde el otro lado de las cortinas, en la playa— se fue disipando, ahuyentado por cada reconfortante carcajada que les provocaban las aventuras agradablemente previsibles de una banda de forajidos.

Kathy consultó la *Guía TV*. Todo volvía a la normalidad.

—Una peli de ciencia ficción —anunció lo siguiente en la programación de la tarde— sobre un hombre del futuro.

Afuera, en el patio enladrillado, el resplandor del cigarrillo se esfumó entre la vegetación que crecía a un lado de la casa.

A diferencia de la comedia, que había llenado de carcajadas la sala de la televisión, la película de ciencia ficción apenas llevaba aparejado más sonido que la música trémula que los niños identificaban con los viajes espaciales. La trama se desarrollaba rápidamente: una criatura del futuro había regresado a través del tiempo y del espacio y se había enamorado de una muchacha de ojos bonitos, pelo suave y un atuendo muy del Nueva York actual. Para consternación del espectador —un secreto que se le ocultaba a la heroína—, cada vez que se enfadaba, el hombre del futuro experimentaba delante de los ojos de los niños una terrible transformación y· se convertía en un monstruo de fauces babeantes con la cara entretejida de venas, mientras emitía aterradores chillidos supersónicos.

Esa temática nada familiar, ese extraño comportamiento por parte de un adulto en apariencia predecible, tenía a los niños cautivados. Los cinco podían aceptar que hubiera gánsteres, fantasmas y monstruos, pero que el hombre del futuro, una persona normal con la que podrían cruzarse en la vida real, se tornase de repente en un ser desquiciado imposible de controlar los había dejado estupefactos, mudos de asombro. Y ese silencio dejaba traslucir su miedo mucho mejor que cualquier grito o comentario ahogado.

Ni siquiera a Cary se le habría ocurrido ausentarse para hacer una visita a la cocina.

Entonces, sin previo aviso, Patrick lanzó un aullido, un grito de guerra que hizo añicos el silencio, se levantó de un salto y amenazó con su lanza al monstruo de la pantalla. La tensión que se había ido acumulando en el ambiente se diluyó. Los niños corearon con chillidos su odio al monstruo. Los gritos y las carcajadas burlonas ganaron una intensidad rayana en la histeria, que no decayó hasta que Kathy y Sean repararon en que Marti había roto a llorar y sollozaba de manera incontrolable.

Fuera, Ladybug ladró en la oscuridad.

Los niños, excepto la pequeña de cuatro años, se miraron a la luz del televisor y luego se volvieron todos a la vez hacia las cortinas de la cristalera.

—Baja el volumen —dijo Kathy.

Marti protestó enrabietada.

—¡No! ¡No! ¡No! ¡No!

Kathy ordenó a Cary con un gesto que bajase el sonido.

—¡No! —Marti fue berreando hasta su hermana y se puso a darle puñetazos.

Sean se levantó, ajustó su audífono al máximo y se paró a escuchar algo que se oía fuera de la sala.

—Dile que se calle.

—¿Oyes algo? —preguntó Patrick.

Sean asintió con la cabeza.

Los ojos de Cary se abrieron como platos detrás de las gafas.

—¿Es él?

—Ahí fuera hay alguien.

Los cuatro clavaron los ojos en Patrick, que se acercó de puntillas a las cortinas.

—Voy a ver...

—¡Quieto! —le detuvo Kathy con un susurro.

Los paneles de cristal vibraron, como si los sacudieran desde el exterior.

Marti, que seguía hipando entre lágrimas, enterró sus húmedos ojos entre las manos. Los demás se pusieron de pie y corrieron a agazaparse en el otro extremo de la estancia, lejos de las cortinas.

Los niños guardaban silencio mientras el monstruo del espacio avanzaba tambaleándose por la pantalla del televisor.

Oyeron abrirse la ventana del dormitorio de la criada.

—¿Qué hacemos? —lloriqueó Cary.

—¡Usa el teléfono! —gritó Patrick—. ¡O lo haces tú o lo hago yo!

—Llama a la señorita Nevins —suplicó Cary entre lágrimas.

—¡Shhh! —La evidente desesperación de Kathy disuadió a los chicos de salir corriendo al escritorio. Los cinco se quedaron petrificados cuando oyeron abrirse la puerta del dormitorio.

Los niños aguzaron el oído para intentar captar cualquier ruido dentro de la casa, pero sabían que el suave sonido de la música espacial ahogaría todo rastro de pasos sobre la moqueta del recibidor. ¿Estaba el Jeta caminando hacia ellos en ese mismo instante?

Entonces, sin el menor ruido, sucedió lo que más temían. Mientras la música espacial trepidaba de manera inquietante, el hombre de la chaquetilla blanca apareció en el umbral. Sin moverse un ápice, su ojo sano miró fijamente a los niños. Dio un paso adelante y le arrancó a Patrick la lanza de la mano. El brazo del niño se desplomó indefenso contra el costado, y el hombre cruzó la estancia con la lanza, partió en dos la vara de madera y arrojó los pedazos a la chimenea. El hombre de la chaquetilla blanca se volvió para escudriñar los rostros de los niños.

Ninguno de los cinco se atrevía a despegarse de la piña en la que se habían apretujado.

El hombre pasó la mano por la superficie de pana acanalada del sofá y palpó la piel de cebra a medida que apartaba la vista de los niños y la paseaba muy despacio por la habitación. Sus ojos se posaron en el armero un instante y luego siguieron su inspección. El hombre pasó por delante del televisor sin mirar la película. En un visto y no visto, sus ojos marrón oscuro abarcaron a los cinco, y con igual rapidez se dirigió a grandes zancadas hasta las puertas persiana y sin mediar palabra salió de la sala.

Kathy y Sean siguieron al Jeta. Los otros tres, juntos y bien apiñados para protegerse, siguieron a su hermano y a su hermana hasta el recibidor apenas iluminado y, de allí, a la puerta de la cocina.

Bajo la dura luz blanca fluorescente, el camarero se quitó la chaquetilla y la pajarita y arrojó ambas prendas sobre la encimera. Abrió de golpe la gigantesca puerta de la nevera y se plantó delante, perfilado contra la luz. Desprovistos de la ancha y tiesa chaqueta almidonada, los hombros del joven de piel morena se veían estrechos, pero sus movimientos de boxeador eran rápidos: un ser salvaje estaba en la casa y rebuscaba hambriento en los armarios de la cocina y en la nevera de la familia Moss. No se molestó en mirar a los que estaban en la puerta. Sin más, sacó una botella de cerveza danesa y un paquete de mortadela y cerró la enorme puerta blanca de un ruidoso golpetazo.

Los niños dieron un respingo, como si hubieran oído un disparo.

El Jeta se pellizcó el bigotillo y se volvió hacia los armarios para buscar pan y mostaza. Hurgó en los estantes y del fondo sacó varias latas y frascos pequeños con etiquetas en lenguas extranjeras. Las miró desconcertado. Escogió un frasco pequeño de granos verdes desecados del tamaño de guisantes. Valiéndose de un abridor, retiró la tapa y metió los dedos para pescar una de las bolitas, que acto seguido se depositó en la punta de la lengua. Escupió el picante aderezo y fulminó a los niños que estaban en la puerta con la mirada, como si de una manera u otra tuvieran ellos la culpa de que no le gustara.

Los cinco observaron al Jeta, que lanzó un improperio contra el frasco y fue hasta el fregadero para arrojar los granos verdes en el triturador de desperdicios.

Agarró entonces una pequeña lata ovalada y la colocó en el abrelatas eléctrico. El motor runruneó y cayó la tapa, dejando al descubierto una grasienta pasta grisácea en la que el tipo introdujo un dedo para probar con cautela el paté. Una chupada bastó. Lanzó la lata dentro del fregadero, echó mano a la botella de cerveza, apoyó la chapa contra el borde de la tapa de madera del lavavajillas y le asestó un firme golpe con la palma de la mano. La chapa salió volando y la cerveza brotó espumeando de la botella. Después de echar un buen trago, el hombre se restregó el bigotillo, embutió unas lonchas de mortadela y mostaza entre dos rebanadas de pan blanco y salió de la cocina apartando a los niños de un empujón.

Kathy y sus hermanos, sin saber qué hacer, se trasladaron en piña hasta el recibidor y observaron al hombre pasearse por la casa, de una habitación a otra. Salió del dormitorio de la criada introduciendo billetes en una cartera. Se asomó al todavía impoluto salón. Con la cerveza en la mano, subió las escaleras y, desde el recibidor apenas iluminado, los niños lo escucharon moverse por la planta de arriba. Oían puertas abrirse y cerrarse.

Apenas se atrevieron a levantar la vista y mirarlo cuando por fin bajó lentamente las escaleras, pero lo siguieron hasta la sala de la televisión. Él miró a su alrededor, se acercó al escritorio, tomó asiento en la silla de cuero y la hizo girar para colocarse de cara al armero. Mientras contemplaba las armas del interior a través del cristal y los barrotes, sus dedos tantearon la puerta cerrada.

—¿Y la llave?

Ninguno de los cinco respondió.

—¡He dicho que quiero la llave!

—¡No puedes entrar aquí! —gritó Sean.

El Jeta sonrió.

—Estáis solos. Alguien tendrá que cuidar de vosotros, ¿no?

Extendió la mano pidiendo la llave.

Ahora le tocó hablar a Kathy.

—Mi padre no quiere que sepamos dónde está.

El Jeta se encogió de hombros, abrió el cajón superior del escritorio y vació su contenido metódicamente, ojeando documentos, examinando objetos. Encendió un mechero de plata con un chasquido.

Desde el otro lado de la habitación, los ojos de los niños seguían cada uno de sus movimientos. Cuando se deslizó el mechero en el bolsillo, Kathy fue a decir algo, pero él la miró a los ojos y ella se tragó su protesta.

La mano del hombre registró los lados y la parte superior del cajón.

—Tú. Tráeme otra cerveza.

Señaló a la niña, que vaciló, se apartó el pelo de la cara y se dirigió apresuradamente a la cocina. Cuando regresó, la niña abrió la cerveza y se la tendió al hombre, cuyos dedos se deslizaban por los rebordes de madera del armero. Se puso de pie. En la repisa de la chimenea levantó el Oscar y miró debajo de la estatuilla. Examinó con la vista las fotografías enmarcadas hasta que, de repente, aspiró aire ruidosamente. Volteó el Corazón Púrpura enmarcado y soltó un «¡ja!» triunfal al mismo tiempo que retiraba el papel adhesivo de una llave.

Sacó la escopeta Franchi del armero con aire casi reverencial y la sostuvo en alto, en ángulo, para que la luz cayera sobre la pletina grabada. La examinó de cerca y pasó un dedo sobre el metal azulado. Del fondo del armero extrajo un estuche de limpieza.

Sentado en el sofá con la Frenchi cruzada sobre las rodillas, apenas prestó atención a los brillantes pasillos de una estación espacial en el televisor que tenía delante. Abrió la escopeta con un crujido, se asomó al interior del cañón y lo cepilló con una baqueta de limpieza. Patrick fue el primero que cambió sigilosamente de posición para apostarse en un lugar desde el que poder ver la tele. Sin quitar ojo al hombre, se tendió muy despacio sobre la moqueta, justo delante de la película a color. Por encima de él, el hombre echó un ruidoso trago de cerveza de la botella y siguió limpiando la escopeta.

Marti, con mucho menos disimulo, caminó hasta su lugar predilecto en la moqueta y se dejó caer sobre el trasero de sus estrechos pantaloncitos rojos de algodón. Sean se escabulló por detrás del sofá para sentarse en la silla del escritorio. Kathy y Cary, los más osados ahora que los otros se habían arriesgado a adentrarse en el círculo de luz, tomaron asiento en el sofá, a una distancia de un cojín y medio del Jeta.

La silla de la niña permaneció vacía.

El joven, aparentemente absorto en la escopeta, ignoró a los niños.

Un espacio publicitario rompió el conjuro y el hombre del sofá se estiró, pulsó el mando y quitó la película.

Un grupo de mariachis tocados con grandes sombreros cantaban una ranchera mexicana sobre el desengaño.

El Jeta se arrellanó, tomó un buen trago de cerveza y, sin inclinarse para desanudarse los cordones, se sacó los zapatos haciendo palanca con los pies.

Patrick lanzó una mirada iracunda al intruso, agarró el mando impulsivamente y cambió al canal donde echaban la película de ciencia ficción.

—Todavía no se ha acabado —empezó a decir, pero el hombre soltó un manotazo que alcanzó a Patrick en la sien. La fuerza del golpe fue tal que Patrick salió despedido hacia atrás y se desplomó en el suelo, donde trató de contener un mar de sollozos de dolor e ira.

El Jeta, de pie con sus calcetines negros con tomates en los talones, agarró más fuerte la escopeta y miró a los niños fijamente, de uno en uno. Con su silencio dejó claro el trato que recibiría todo aquel que le llevase la contraria.

Los cuatro lo observaron mientras acariciaba el cañón, se sentaba y apuraba la cerveza de la botella.

Kathy y Cary se levantaron del sofá para arrodillarse junto a Patrick, que gimoteaba en el suelo. Muy despacio, lanzando miradas cautelosas al hombre, sacaron a su hermano de la estancia.

En la cocina, Kathy humedeció una toalla para enjugar las lágrimas del niño. Cuando estuvo más sosegado, aplacado el temblor y casi extinguidos sus sollozos, Patrick se dirigió a su hermana con tono quejumbroso.

—Kathy, me ha pegado de verdad.

Sean estaba en el umbral de la puerta de la cocina, con Marti cogida de la mano.

—Será mejor que lo dejemos ahí solo y nos vayamos a dormir.

—¿Dónde, arriba? —preguntó Patrick con un tono de voz cargado de miedo.

—Si lo dejamos ahí a lo mejor se acaba marchando.

Cary fue el primero que expresó en voz alta lo que más anhelaban. Coincidieron con él: si dejaban al Jeta solo y subían a acostarse, las cosas habrían cambiado al día siguiente. Se despertarían por la mañana y verían que el intruso ya no estaba.

Subieron las escaleras enmoquetadas pertrechados de galletas, refrescos y embutidos.

En el dormitorio de Kathy cenaron en silencio. Marti hizo dos agujeros en una blanda loncha de mortadela, se cubrió con ella la cara y se dedicó a observar a los demás desde detrás de su máscara de carne rosada hasta que Patrick le bajó la mano de un manotazo.

Kathy estaba sentada en una silla de lona con la palabra DI-RECTOR grabada en el respaldo, y cuando acabaron la comida anunció en voz alta, se diría que con la intención de imponer algo de normalidad en la situación, que era hora de acostarse.

—Si queréis, podéis dormir todos en mi habitación.

Cary sugirió que usaran sacos de dormir, y mientras los chicos iban corriendo a por ellos, Marti se quedó con Kathy. La pequeña levantó la vista y miró a su hermana.

—¿A mí me dejas dormir en tu cama?

Bastó con que la mayor hiciese un gesto de asentimiento con la cabeza para que Marti abriera la colcha y trepase a la cama, que llevaba las dos últimas noches sin usarse.

Tras la puerta cerrada con llave, las dos niñas se acurrucaron en la cama de Kathy; en sus sacos los chicos, tirados en el suelo. Nadie apagó la luz.

Marti, que no tardó en quedarse dormida, se acurrucó contra Kathy. La pequeña estuvo un rato moviéndose y gimiendo hasta que entró en una fase de sueño más profundo y su hermana sintió que se relajaba el tenso cuerpecito. Con la niña pegada a ella, Kathy permaneció despierta escuchando la música hispana que ascendía por las escaleras desde la sala de la televisión. Al final, cayó rendida.

En dos ocasiones durante la noche Marti despertó a su hermana con movimientos agitados y leves gritos de desazón. La mayor acarició el pelo de Marti con la mano y la tranquilizó murmurando lo que temía que era una mentira:

—Todo va a salir bien.

12

La radiante luz matinal inundó el dormitorio de Kathy, despertando uno a uno a los niños. A medida que recordaba la noche anterior, cada hermano buscaba a los demás, y como una piña salieron del dormitorio de puntillas y cruzaron hasta el descansillo. Nadie hizo ademán de bajar las escaleras durante un buen rato.

—¿Oís algo? —preguntó Kathy.

Los niños se quedaron muy quietos mientras trataban de detectar algún sonido que les revelara si el Jeta seguía abajo. A excepción de sus respiraciones, en la casa reinaba el silencio.

Patrick se atrevió con el primer escalón. Cuando estaba a mitad de las escaleras se volvió hacia los demás.

—No se oye la tele.

—A lo mejor la apagó él —susurró Sean.

—¡Se ha ido! —exclamó Cary, y su optimismo hizo que experimentaran un repentino arrebato de valentía en el que Kathy apartó a Patrick a un lado para ser ella quien los guiase a todos hasta la planta de abajo.

Ante las puertas abiertas de la sala de la televisión, la niña se detuvo para respirar hondo y, mientras los demás se agolpaban a su alrededor, se asomó al interior. El frío resplandor blanco del televisor arrojaba luz desde una carta de ajuste parpadeante. Patrick se tropezó con una lata vacía de cerveza, una de las seis que estaban tiradas por la moqueta, a los pies del sofá.

—¿Lo veis? ¡Se ha ido *de verdad*! —dijo Cary.

Patrick dirigió la vista hacia el armero, que tenía la puerta abierta.

—¡Se ha llevado las escopetas de papá!

—Ve a echar un vistazo en la cocina —murmuró Kathy, y Patrick salió corriendo al recibidor sin hacer el menor ruido.

—En la cocina no está —dijo Patrick al volver a la sala de la televisión, donde Marti estaba saltando de canal para sintonizar algún programa matinal de dibujos animados.

Sean abrió las cortinas y miró hacia la playa y a su castillo de arena, donde el universitario había trazado con el tractor un amplio arco, un desvío en torno a las torres. El resto de la playa aparecía vacío y brillante, blanco y caliente bajo el sol de agosto. Ni una sola huella alteraba la arena rastrillada.

—Afuera no está —dijo Sean.

—¡Veis! —exclamó Cary triunfante—. ¡Os lo he dicho! ¡Se ha ido!

—No te emociones —advirtió Kathy—. Primero hay que estar bien seguros. ¡Vamos!

Desde la sala de la televisión, Kathy lideró a los niños Moss por la casa como a una partida de búsqueda. Cuando quedó claro que en el salón no se ocultaba nadie y salieron al oscuro recibidor, Cary señaló la puerta del fondo.

—¿Creéis que estará en la habitación de ella?

Patrick condujo a los cuatro hasta allí, pero fue Kathy la que abrió la puerta muy despacio.

Depositadas en hilera sobre la colcha de satén rosa, las armas relucían bajo una fina capa de aceite lubricante. Las cajas de cartuchos estaban apiladas en la mesilla de noche. Junto a las escopetas, la presencia del maletín portacámaras de aluminio de su padre hizo que Patrick soltase una exclamación.

—Mirad. ¡Ha encontrado las cámaras de papá!

Retrocedieron y salieron muy callados de la habitación.

—¿Has mirado en el cuarto de baño? —preguntó Kathy a Cary. Desde la puerta del cuarto de baño, el niño se dio la vuelta y miró a sus hermanos y hermanas negando con la cabeza.

—¿Queda algún sitio donde no hayamos mirado?

—Sí, la planta de arriba —dijo Sean.

—Pero si acabamos de bajar de ahí —dijo Kathy con tono irritado.

—Está el dormitorio de papá y Paula —le recordó Sean—. Ahí no hemos mirado.

Kathy condujo a los otros a la planta de arriba, donde se detuvieron delante de la puerta.

—Vamos —dijo Patrick—. Ábrela.

—Shhh —le previno Kathy—. Podría estar ahí dentro.

La niña alargó la mano hacia el pomo para empujar y abrir la puerta. Los otros se agolparon detrás de ella y la obligaron a adelantarse y entrar en la habitación. Kathy apenas consiguió ahogar un grito.

El Jeta estaba despatarrado en la gigantesca cama de matrimonio y las mantas azul pastel se habían deslizado hasta el suelo. La sábana encimera, de satén y el mismo tono de azul, envolvía retorcida al intruso, que estaba dormido con la oscura cabeza semienterrada bajo una almohada de satén. Entre la puerta y la cama, zapatos, calcetines y pantalones negros yacían desordenadamente amontonados en la moqueta azul pastel. Una botella de cerveza vacía sobre la mesilla de noche remataba el sacrilegio contra la madre y el padre de los niños.

Sin hacer ruido, los cinco regresaron al pasillo muy despacio, cerraron la puerta del dormitorio y se precipitaron escaleras abajo para ir a la cocina.

Los niños comieron en silencio: un mordisco a una galleta de pepitas de chocolate, cereales a puñados directamente de la caja, vasos de refresco de naranja, de leche… Sean levantó la vista de su desayuno frío de arroz inflado y fue el primero en hablar.

—Tenemos que echarlo de aquí *como sea*.

Marti hizo un gesto de asentimiento con la cabeza a la vez que mojaba un trozo de mortadela en el vaso de leche.

—Hay que llamar a la policía —declaró Patrick con tono autoritario.

—¡Y dale! ¡Déjalo ya! —Kathy cerró la nevera de un portazo—. Hicimos un juramento. ¡No podemos contárselo a nadie! *¡Jamás!*

—¡Callaos! —Sean hizo una mueca y señaló el techo—. ¿Queréis despertarlo o qué?

—Ya —dijo Cary, untando una tostada salada con una gruesa capa de crema de cacahuete antes de añadir en voz baja—: Pues entonces no hay nada que hacer.

—¿Qué dices? ¡Claro que sí! —Patrick tenía tantas ganas de contar su plan que se puso a brincar a la pata coja—. ¡Ya sé lo que podemos hacer! ¡Lo sé, en serio!

—Baja la voz —advirtió Kathy.

—¿Me dejáis que os lo cuente?

—Venga, cuéntanos, listillo —espetó Kathy.

—Le haremos lo mismo que a…

—¡Shhh! —Los ojos de Kathy desviaron la atención de todos hacia la puerta.

Marti derramó la leche al verlo.

Los otros se giraron y vieron al Jeta de pie ante ellos; con una mano se rascaba la cabeza, en la otra tenía un cigarrillo. El hombre se adelantó con los pies embutidos en las zapatillas de ante del padre de los niños mientras se apretaba el cordón de un albornoz de toalla extra grueso con un par de gigantescas emes doradas bordadas en el bolsillo del pecho. Le quedaba grande a la altura de sus estrechos hombros y lo llevaba abierto por debajo del cordón. Marti, que se estaba restregando en la sudadera roja de terciopelo la leche derramada, se quedó mirando los sucios calzoncillos largos del hombre hasta que el Jeta entró por la puerta, apartó de su camino a los enmudecidos niños e hizo chancletear las zapatillas de su padre por el suelo pegajoso hasta la nevera.

Sacó una Coca-Cola. Del armario extrajo una bolsa de patatas fritas de maíz y salió chancleteando al recibidor, donde el ruido de sus pasos quedó amortiguado por la moqueta de camino a la sala de la televisión.

Incluso con el sonido del televisor a todo volumen en la habitación, el Jeta fue el primero que reaccionó al ruido de unos pasos en el exterior de la casa. Tras lanzarles una mirada que los abarcaba a todos, alzó una mano para indicarles a los cinco que no debían hacer ni decir nada.

Las diminutas campanillas indias prendidas a una tira de cuero junto a la puerta principal tintinearon.

—Será el cartero —dijo Kathy con indiferencia.

Marti corrió hasta la ventana del recibidor y golpeó el cristal.

—¡Detenedla! —susurró furioso el mexicano.

Pero la niña pequeña saludó con la mano al hombre del exterior.

—¡Tiene un paquete para nosotros de mamá y papá!

—¿El correo? —El Jeta miró a Kathy con desconfianza—. Pero hoy es domingo.

—Es un reparto especial —dijo Cary mientras se apoyaba contra las puertas persiana.

Las campanillas de latón volvieron a sonar.

—¡No abráis! —dijo el hombre sin levantar la voz.

—Pero ya ha visto a Marti —murmuró Kathy.

El Jeta agarró a Marti, le indicó que guardara silencio con un gesto amenazador y se volvió hacia los otros cuatro para repetirles con otra señal que no se movieran de donde estaban. Sopesó su siguiente movimiento. Al final, retrocedió con Marti de vuelta a las sombras y, con un movimiento del mentón, le indicó a Kathy que abriese la puerta. La niña, consciente de que el intruso estaba atento a todos sus movimientos, apoyó la mano en la puerta.

Marti pestañeaba de terror. Sean se mordía las uñas. Patrick le susurró a Cary, que era el que más cerca estaba de él:

—¿Y qué pasa si él se chiva de nosotros?

El niño gordo extendió la mano y le tapó la boca a su hermanastro.

Kathy abrió la puerta y salió al porche y a la luz del sol. El Jeta se adelantó de un salto para colocarse detrás de la puerta y así oír todo lo que decían la niña y el cartero. A su espalda, en el recibidor, los niños permanecieron muy quietos en las sombras mientras hablaban el cartero y Kathy. Unas pisadas abandonaron el porche y, apenas hubo dejado Kathy el sol atrás, el Jeta cerró la puerta a su espalda, pasó la llave y se quedó a la escucha, aguardando a que los pasos del cartero alcanzaran la verja. En el recibidor, nadie habló ni se movió hasta que no oyeron a la furgoneta arrancar y alejarse por la calle.

—¡Es de mamá y papá! —gritó Marti.

El Jeta le arrancó a Kathy el paquete de las manos y buscó el remite. «Italia». Hizo un gesto de asentimiento para sí con la cabeza y, acto seguido, rasgó el envoltorio y también el revestimiento interior. Volteó la cinta en sus manos de un lado a otro, examinándola detenidamente; miró a Sean.

—Es una carta en vídeo —dijo el niño—. Si quieres te enseño cómo funciona —dijo mientras estiraba el brazo muy despacio y cogía la película de la mano del Jeta.

El hombre y los niños se dirigieron a la sala de la televisión, donde Sean embocó la cinta en el reproductor.

Una imagen blanca y gris de Marty y Paula Moss destelló en la pantalla y ganó nitidez conforme Sean ajustaba el enfoque. Marty ejecutó un jovial saludo desde Italia. Paula habló, una voz maternal que atrajo a Marti más cerca de la pantalla.

—¿Qué tal están hoy mis niños? ¿Disfrutando de los últimos días de verano? Seguro que sí.

Marty Moss se sacó el puro de la boca y les dijo a los cinco lo mucho que los echaba de menos.

—Al final, mamá y yo conseguimos subir al lago Como para hacer un poco de esquí acuático. Sean, saca el atlas y enséñales a tus hermanos y hermanas dónde está el lago Como...

Paula habló de la película que estaban rodando y confesó estar entusiasmada.

—Además —añadió en tono confidencial—, va muy adelantado, y ya sabéis lo que eso significa, ¿eh?

—¿Son vuestros padres? —preguntó el Jeta.

Kathy asintió con la cabeza.

—¿Dónde están?

—En Italia.

—¿Y cuándo regresan?

—Mañana. —Kathy se había precipitado al mentir y le pareció que debía añadir algún detalle para que la mentira fuera más creíble—. A las nueve en punto. De la mañana.

Los otros niños recogieron el testigo y respaldaron la mentira declarando que, como decía su hermana, sus padres estarían en casa por la mañana.

—Y puede que incluso esta misma noche —añadió Cary.

Los ojos del Jeta regresaron a la pantalla. Se inclinó hacia delante, acercándose más al sonido, como si tratara de destapar alguna clase de mensaje secreto en el monólogo de la rubia Paula Moss. La madre, con un ajustado jersey sin mangas, seguía cotorreando.

—Tenéis que descansar mucho. Haced todo lo que os diga Aguacates...

El mexicano se giró hacia los niños, que contuvieron la respiración. Imitó la voz de su madre: «Haced todo lo que os diga Aguacates...». Su risa sonó resentida, casi como una acusación.

La voz de Paula continuaba sin cesar:

—Cary, si te saltas la dieta, recuerda que solo te engañas a ti mismo.

La mano de Marty Moss cruzó por delante de la mujer con otro saludo.

—Nos vemos dentro de unas semanas, niños.

El Jeta se volvió para mirar a los niños.

—Dentro de unas semanas. ¿Lo habéis oído? Es lo que acaba de decir vuestro padre. Que regresan dentro de unas semanas. ¿Por qué me habéis mentido?

Marty Moss seguía hablando.

—Hasta pronto, niños. Mamá y yo os echamos muchísimo de menos. Un abrazo muy fuerte…

La cinta saltó del carrete y la pequeña pantalla se tiñó de negro. Marti se lanzó hacia el proyector gritando.

—Sean. ¡Otra vez! Por favor. ¡Quiero ver a papá!

El Jeta se enderezó y meneó la cabeza, como para indicar que le parecía increíble lo que acababa de ver. Los cuatro mayores observaban cada uno de sus movimientos mientras él los escudriñaba.

—Así que dentro de unas semanas. —Aguardó a que la niña que parecía llevar la voz cantante negase lo que acababan de escuchar. Su mirada era una amenaza, un reto—. ¿O me vais a contar otra mentira? ¿Eh? ¿Me vais a contar otra vez eso de que vuestros padres llegan mañana?

El Jeta estiró la mano hacia el control de volumen de la tele a color. Cuando iba a subirlo, la sonrisa se le borró de la cara repentinamente.

—¡Fuera de aquí! ¡Largo!

Los niños lo miraron atónitos.

El joven de pelo oscuro miró a Marti, que estaba a sus pies y miraba fijamente sus calzoncillos más que sucios. Él se ciñó el albornoz, levantó un brazo y, ejecutando un movimiento de barrido como si pretendiese echarlos a los cinco de la habitación de un plumazo, gritó:

—*¡He dicho largo!*

Patrick abrió la cristalera y los cinco salieron al patio.

Sean saltó por encima del murete y corrió hasta las almenas y las torres de su castillo. Kathy se volvió para asomarse al interior de la casa, pero el Jeta había cerrado la cristalera a cal y canto y había corrido las cortinas.

Los cuatro niños del patio dejaron atrás el enladrillado y avanzaron pesadamente por la arena abrasadora.

Llegados al castillo, ninguno habló.

Los cuatro aguardaban las instrucciones de Sean mientras sus sombras se proyectaban sobre el niño que trabajaba de rodillas alisando una zona rodeada de murallas en la que iba clavando palitos de helado, de tal manera que los extremos redondeados formaban hileras.

—Es un cementerio —dijo Kathy rompiendo el silencio.

—¡Qué lápidas tan chulas! —exclamó Patrick.

—Pero para que sea auténtico —añadió la niña— deberíamos enterrar algo.

Sean no dijo nada. Su cementerio no necesitaba nada semejante para acreditar su existencia, pero la niña tiró de Cary hacia sí y le habló en voz baja. El niño asintió con la cabeza y echó a correr hacia las rocas. En menos de un minuto estaba de vuelta y traía un cangrejo que se retorcía entre sus dedos.

—Toma —ofreció—, entierra este.

—No está muerto —dijo Sean.

—¡Ahora sí! —Patrick levantó el cangrejo y lo sostuvo meneándolo por el caparazón. Rompió los ojos de tallo de la criatura mientras las pinzas pellizcaban el aire con impotencia. Con un palo afilado penetró y escarbó la parte de delante, que él consideró que era la cabeza del cangrejo—. Ya está —dijo mientras le ofrecía el cadáver a Sean.

El niño mayor cavó en la arena con una pala y depositó el cangrejo muerto en el agujero. Marcó el lugar con un palito de helado a modo de lápida.

—En la tele siempre dicen algo cuando entierran a alguien —declaró Kathy.

Bajo un cielo despejado de nubes por el azote del viento, unos hombres altos vestidos de luto y unas mujeres tocadas con capotas se agrupaban ante una fosa abierta. Un caballo relinchó atado a una negra carroza fúnebre.

Cary se retiró un sombrero imaginario y fingió llevárselo al corazón.

—Unas palabras por nuestro difunto amigo. —Su tono solemne se quebró en una risita.

En la mañana dominical, otros niños excavaban en la arena delante de sus casas a lo largo de la playa de Malibú, pero ninguno de los castillos de reciente construcción rivalizaba con el de Sean. De vez en cuando, los niños Moss oían aproximarse el griterío de niños pequeños jugando. Algunos adultos se acercaban a contemplar el castillo, pero los niños trabajaban juntos, en su mundo, y los curiosos se marchaban enseguida. Pasaban largos ratos en que en el castillo solo se oía el sonido de las manos apisonando la arena mojada.

Una parte del tejado de la torre se derrumbó.

Cary le lanzó un chillido a Patrick.

—¡Le has dado tú, idiota!

—¡Mentira, yo no he sido!

—Sean, ¡claro que ha sido él, *lo he visto*! —volvió a acusarle Cary con voz chillona.

Patrick cerró los puños.

—¿Buscas pelea o qué?

Cary retrocedió, pero antes cogió un puñado de arena.

Sean agarró a su rechoncho hermano.

—Como lances esa arena no os vuelvo a dejar entrar aquí a ninguno de los dos nunca más.

—¡Échalo ya! —exclamó Patrick con un alarido.

Kathy le gritó a Cary, que seguía con el puño lleno de arena:

—¡Suéltala!

Cary, sin aliados, se encogió de hombros. Relajó el puño y dejó deslizarse la arena entre los dedos. Sean volvió a lo suyo, aplicándose con el agua de mar para reparar los daños. Los dos hermanos pequeños siguieron la gresca con muecas y burlas.

—Ojalá al Jeta se le derrumbase algo encima —dijo Sean de pronto y con una acritud que sus hermanos y hermanas rara vez notaban en él.

—¿Quién es el Jeta?

Kathy se quedó helada.

La voz masculina proveniente de fuera del castillo sobresaltó a los niños, que enmudecieron y dejaron de apisonar arena en el acto. Las manos cargadas de arena y los cubos listos para verter agua salada quedaron en suspenso. Kathy fue la primera en asomarse por encima de la muralla.

Dos personas a las que reconoció como actores de cine sonreían desde lo alto a los moradores del castillo. El hombre estaba muy moreno y cada milímetro de su musculoso cuerpo brillaba de aceite bronceador, exceptuando la estrecha franja que ocupaba un diminuto traje de baño. Al cuello, una medalla religiosa lanzaba destellos de oro. A la mujer, con un bikini del mismo color que el bañador del hombre, Kathy la reconoció como la novia del actor, dos personas que los habían visitado en la playa cuando el hombre participaba en una de las películas de su padre.

Él volvió a hablar, con una sonrisa repleta de dientes blanquísimos.

—Hola. ¿Quién es el Jeta?

—El rey de nuestro castillo. Vive aquí, pero es un rey malo y Sean no tiene derecho a hablar de él.

El joven se puso de cuclillas, se volvió hacia su novia, le guiñó un ojo y dijo:

—Claro, Kathy.

La novia se acercó para apreciar de cerca la construcción y, con la solicitud que Kathy se esperaba siempre de un adulto y de la que tanto desconfiaba, dijo:

—¿Y habéis construido todo esto vosotros solos?

Kathy ni se molestó en contestar.

El joven actor se pasó un peine por el pelo.

—¿Cuándo vuelve Marty de Italia?

—Pronto —contestó ella.

—¿Os importa si usamos vuestra playa?

Kathy quería responder que sí. Sabía que su padre prefería desalentar las visitas casuales de gente de cine que no fuera tan importante como él. No contestó nada y reemprendió la tarea de alisar una muralla de arena.

La novia se acuclilló para observarlos trabajar y, pasado un instante, se dirigió directamente a Kathy.

—¿Podría usar vuestro cuarto de baño para cambiarme?

Los niños dejaron de trabajar una vez más para mirar a la mujer y, a continuación, a su hermana. Kathy era consciente de que tenía que desembarazarse de aquellos extraños, pero no sabía cómo. Fue Sean quien salió trepando del castillo y plantó cara a la bronceada pareja.

—No nos dejan que entren extraños en casa.

—Pero a nosotros sí nos conocéis —dijo el hombre.

Siguiendo el ejemplo de Sean, la niña con la nariz quemada por el sol se colocó al lado de su hermano para plantar cara a los adultos.

—Tú solo trabajas para mi padre. No sois amigos y solo los amigos pueden visitarnos sin avisar; además, esta es una playa privada.

Las palabras brotaron de su boca como un torrente, pero Kathy se fijó en que la joven pareja empezaba a retroceder. La actriz empezó a decir algo, pero su novio la tomó de la mano y se alejó de allí con ella.

Kathy se volvió hacia Sean.

—Serás bocazas. Mira que hablar del Jeta delante de otra gente. *¡No te atrevas a pronunciar su nombre delante de nadie nunca más! ¡Y lo mismo os digo a vosotros!*

Los niños guardaron silencio.

—Tenéis suerte de que me haya librado de ellos. ¡Ya sabéis lo que habría pasado si esa chica llega a entrar en casa!

13

El Jeta durmió hasta tarde la mañana del lunes. En la sala de la tele, los niños estaban apiñados muy cerca del televisor y mantenían bajo el volumen. Cada dos por tres levantaban la vista hacia la puerta o se giraban de golpe para mirar detrás del sofá, por si se encontraban allí al hombre moreno mirándolos.

Justo antes de mediodía, las zapatillas de su padre bajaron chancleteando por las escaleras. El hombre se plantó un instante en el umbral de la sala, miró a los niños uno a uno, dio media vuelta y cruzó el recibidor. Los cinco oyeron las zapatillas entrar en el salón.

Tras dejar a Marti delante del televisor, los demás siguieron a Patrick hasta la puerta de la estancia a la que rara vez entraban. No había arena diseminada por la moqueta azul celeste del salón. Tampoco lamparones ni envoltorios de comida sobre la tapicería de seda azul cobalto de sillas y sofás. En los grandes ceniceros de plata de mesas y mesitas no había rastro de ceniza y todos brillaban lustrosos. Otro retrato de Paula sonreía desde su lugar de honor encima de la chimenea. Debajo, ni un solo carboncillo ensuciaba el hogar. Al fondo de la habitación, delante de un enorme mueble bar danés de nogal, el Jeta abrió con un chasquido una navaja automática, una rutilante hoja de diez centímetros que insertó en la puerta del mueble bar para forzar la cerradura.

Se acuclilló, ojeó el interior y sonrió. Colocó en fila sobre la moqueta cuatro botellas de licor. La sonrisa desapareció cuando se dio la vuelta, todavía navaja en mano, y se dirigió a los niños.

—¡Largo de aquí! ¡A la playa!

Uno a uno, los cinco emergieron al patio como topos que salen de un oscuro túnel, se plantaron parpadeando bajo el sol y caminaron con dificultad por la arena blanca hasta el castillo de Sean.

De la hilera de casas en primera línea de playa brotaba el rítmico golpeteo del martillo de un carpintero. Una sierra eléctrica lanzaba gañidos. En el agua, los surfistas salpicaban la cala de Malibú a la espera de una ola. La playa de la Colonia, tan concurrida el domingo, aparecía ahora prácticamente desierta.

—Lo odio —dijo Cary mientras se agazapaba en el interior de las murallas del castillo.

Nadie llevó la contraria al niño, que, en un gesto nada habitual, tendió el paquete de galletas de avena a los demás para compartirlas.

Unos momentos de silencio después, Marti se revolvió inquieta, hizo un mohín y le lanzó a Patrick un puñado de arena, que alcanzó de lleno a Kathy también. La niña mayor le dio un manotazo a la de cuatro años. La pequeña se echó a llorar.

—¡Mirad! —Cary habló en voz baja, pero el inconfundible dejo de miedo en su tono llevó a los otros cuatro a parar y mirar al instante hacia donde él tenía clavados los ojos.

En el patio acristalado de la casa situada tres parcelas adelante, una mujer ataviada con una bata rosa y con rulos en el pelo se abrazaba los codos mientras conversaba con dos hombres altos vestidos con unos uniformes de color arena oscuro. Ambos iban con gafas de sol.

—El *sheriff* —dijo Patrick sobrecogido, con un tono que los demás rara vez escuchaban del gallito de su hermano.

Los dos hombres entregaron una tarjeta blanca a la mujer.

—¿Qué pasa? —preguntó Cary.

—Le están enseñando una foto —dijo Sean.

Desde el castillo, ninguno de los niños podía oír lo que decían, claro está, pero observaron a la mujer, cuyo cabello lanzaba destellos dorados en los rulos, sostener la fotografía a la luz del mediodía y examinarla con atención. Estudió la foto desde otro ángulo y negó con la cabeza. El hombre de uniforme dijo algo, y la mujer hizo acudir del interior de la casa a una criada mexicana. La muchacha aminoró el paso cuando vio a los agentes. La mujer de la bata tendió la fotografía a la criada con gesto brusco.

—Voy a acercarme —dijo Patrick poniéndose de pie—, a ver si me entero de lo que le están preguntando los polis mientras paso de largo.

—¡No! —Kathy habló con una dureza inusitada.

—¿Por qué no? —se quejó el niño. Pero se calló al ver que la criada del otro patio sacudía negativamente la cabeza. La mujer de rosa devolvió la instantánea al agente al mismo tiempo que la criada se apresuraba a entrar de nuevo en la casa.

El *sheriff* volvió a meter la fotografía en una carpeta negra.

Los niños observaron al *sheriff* y a su ayudante gesticular en agradecimiento mientras la mujer de rosa los conducía hasta una portezuela por la que los hombres podían acceder a un pequeño jardín, un atajo al porche delantero del vecino.

Ladybug ladró.

—Ahora van a casa de Marlice —dijo Kathy.

—¿Qué quieren? —preguntó Patrick.

—Vienen para acá —dijo Kathy.

—¡Policía! —exclamó Marti con una risita. Kathy, sin siquiera mirar a la niña, la hizo callar, pero la pequeña, que no cabía en sí de la emoción, voceó con júbilo—: Policía. ¡Con pistolas!

—Es verdad —dijo Cary con voz sombría—, es verdad que vienen hacia aquí.

—¿Y eso? —Patrick era todo asombro y emoción, en su voz no había ni rastro del temor que sentían Kathy y Cary.

Sean, que había guardado silencio todo este tiempo, seguía sin decir nada.

—¿Tú qué crees que querrán? —Esta vez Patrick se dirigió a Sean.

—Ya lo sabes —espetó la niña.

—¿Quién, yo? ¿Cómo voy a saberlo?

Sean habló con un hilo de voz.

—Están preguntando por ella.

El corpulento Patrick, tan fuerte, tan enérgico, se puso en cuclillas, abatido.

—¿De verdad?

—¿Por quién? —protestó Marti, con la sensación de que le hacían el vacío.

Kathy no hizo caso a la niña y reflexionó en voz alta.

—Por eso le han enseñado esa fotografía a la criada de los Gordon. Seguro que era una foto de ella.

—Fijo que ni saben quién es —dijo Sean.

—¿Quién? —insistió Marti.

—Seguro. Porque ni siquiera se conocían, ya sabéis, la criada de los Gordon y… ella —añadió Cary—. De por aquí, ella conocía al Jeta y poco más.

—Lo que importa —dijo Kathy en un tono de voz apenas audible— es que estarán aquí de un momento a otro. Y cuando vengan… —La voz de la niña se quebró de miedo.

—Cuando vengan ¿qué? —preguntó Patrick.

—Preguntarán si *nosotros* la conocemos.

—¿A quién? —Esta vez, Marti hizo su pregunta a gritos.

—A Aguacates.

Fue Sean el que pronunció el nombre prohibido, el que rompió el tabú de la tribu.

—No… —empezó Kathy. Pero pareció que era incapaz de hacer valer su autoridad ante la inminente llegada de los agentes. La niña estaba a punto de dejarse llevar por el pánico. Se puso de pie con dificultad—. Vamos. Podemos meternos en casa y no abrirles la puerta.

—Dentro está él —dijo Cary.

—Y si la policía le pregunta, se lo dirá —dijo Patrick.

Sean se sacudió la arena de las manos.

—No se lo dirá.

—Claro que sí —insistió Patrick.

—No hace falta que me grites. No estoy *tan* sordo. —Sean apartó la mano de Marti del tejado de la torre, donde la niña había clavado un dedo—. Si fuese a decir algo ya se lo habría contado al socorrista, ¿no crees?

—O al cartero —añadió Cary.

—¡Vamos! —ordenó Kathy—. Todos a casa.

—No. —Fue Sean quien habló. Kathy se giró en redondo para mirarlo—. Nos quedamos aquí —dijo el niño, y Sean se mostraba tan seguro de lo que estaba haciendo que la niña se paró a escucharle—. Cuando venga, el *sheriff* nos va a pedir que llamemos a nuestros padres. Así que lo único que tenemos que hacer es decirle que no están.

—¡No! Así solo conseguiremos que nos pregunten quién nos está cuidando. —La niña pronunció estas palabras con un tono lastimero cargado de decepción. Por un momento había llegado a creer que su hermano tenía un plan, que había dado con una manera de sacarlos del apuro.

—Les diremos que nos cuida la niñera —dijo Sean—, como hacemos siempre.

—Si le contamos eso a la policía, entonces seguro que van a querer hablar con ella.

—Lo hemos hecho otras veces. —Sean aún parecía muy seguro de sí mismo.

—Pero porque los otros no sabían que era mentira.

—La policía siempre sabe si algo es mentira —declaró Cary.

—Tienen detectores de mentiras —añadió Patrick.

—Aguacates está muerta —dijo Marti con una sonrisa maliciosa, porque había descubierto que la provocación era la mejor manera de que le hicieran caso. Se llevó la mano a la entrepierna y se echó a reír—. ¡Aguacates… está… muerta!

Patrick ignoró a la pequeña para dirigirse a Sean.

—Cuando encuentran un muerto, la policía siempre pregunta qué ha pasado.

Marti miró con una sonrisa desafiante a su hermana y siguió con el hostigamiento.

—Aguacates se ahogó en el mar.

Kathy hubiese abofeteado a la pequeña, pero hizo un esfuerzo y se contuvo. No. No iba a darle a la niña la satisfacción de perder los estribos, esa reacción solo provocaría más amenazas por su parte.

—Marti —dijo con mucha calma—, prometiste no contarlo jamás. Ni una sola palabra a *nadie*. ¿Te acuerdas? Lo juraste.

La pequeña le devolvió a su hermana la misma mirada furibunda.

—¿Te acuerdas? —dijo Sean—. Pusiste la mano sobre la Biblia.

—Yo no —respondió Marti.

—¡Claro que sí! —Sean se sorprendió gritando.

Aunque no comprendía de qué se trataba, la niña era plenamente consciente de que había dado con un arma muy poderosa a la que podía recurrir siempre que lo necesitara. Decidió seguir poniéndola a prueba.

—Además, la gente siempre le cuenta la verdad a la policía.

—¡No! —Kathy fue más tajante que su hermano. Dejándose llevar por el miedo, agarró a su hermana del hombro y le clavó los dedos hasta que la pequeña se revolvió de dolor—. Como cuentes algo te encerramos en la cámara de tortura del castillo.

—¡Mentira!

—Verdad —replicó Patrick con rotundidad.

Los ojos grises de Marti se desviaron rápidamente hacia el rostro de Cary. Contaba con que su hermano regordete y de natural bondadoso negase la amenaza. Pero Cary se mostró igual de serio que Kathy.

—Te encerramos, Marti. Va en serio.

La niña miró a Sean; escudriñó su rostro por si el silencioso niño mostraba algún indicio que negase que los cuatro fueran a cumplir semejante amenaza.

—A no ser —dijo el más mayor de los chicos— que prometas no decir *una sola palabra*.

Patrick se levantó de un salto y agarró a la niña de la mano.

—¡Vamos!

—¡No! —Kathy les cortó el paso a los dos.

—Me la llevo dentro. —Patrick se giró hacia sus hermanos, porque a ellos era más fácil explicarles las cosas—. Voy a encerrarla en su habitación y no abriré la puerta hasta que no se haya ido la policía… —Se percató de que sus hermanos iban a hacer lo que ordenase Kathy, y la niña ya estaba diciendo que no—. ¿Por qué no? —preguntó.

—Se pondría a dar berridos y se enterarían de que está ahí encerrada…

—¿Y por qué no entramos *todos*? —exclamó Cary.

—O podemos escaparnos corriendo por la playa —dijo Patrick.

Kathy meneó la cabeza.

—No seas tonto. Ya nos han visto. Y cierra la boca de una vez.

La niña tomó a Marti de la mano.

—Pero…

—Pero nada. Da lo mismo que huyamos o nos escondamos, darían con nosotros de todos modos. Saben cómo hacerlo. —La niña parecía referirse a métodos policiales que las películas que ellos habían visto en la tele solo insinuaban—. Si piensan que estamos dentro de la casa echarán la puerta abajo.

—Digamos lo que digamos nos van a preguntar quién está cuidando de nosotros —dijo Cary.

Kathy se volvió furiosa hacia su hermano.

—¿Te crees que no lo sé? ¿Piensas que soy estúpida o qué?

Ladybug ladró y saltó por encima del murete. Aparecieron los dos agentes, que cruzaron el patio hasta la arena y se encaminaron a la siguiente casa.

Sean susurró.

—Llegarán dentro de un minuto. Los de al lado no están.

Ladybug se apostó en la playa y se puso a ladrar sin parar a los hombres uniformados que aguardaban delante de la puerta. En menos de un minuto, justo como había pronosticado Sean, los dos hombres volvieron a salir a la playa.

—Rápido, haced como que trabajáis en el castillo —murmuró Kathy—. *¡Y pase lo que pase, no los miréis!*

Los niños, por supuesto, miraban de reojo de vez en cuando por encima de la muralla del castillo para observar cómo se aproximaban los dos agentes que, uno al lado del otro, no podían evitar marchar a destiempo porque sus lustrosos zapatos de piel se resbalaban en la fina arena blanca. Ladybug, arremetiendo a su lado, los seguía de cerca y ladraba a cada paso que daban, que los acercaba más y más a los niños.

Las gafas de sol de los hombres lanzaban destellos mientras departían en voz baja. Los niños se encogieron detrás de la muralla. ¿Estarían los ojos tras aquellas gafas mirándolos en ese instante?

Los dos hombres pasaron de largo junto al castillo. Pararon. Sus sombras surcaron la arena hasta el foso que rodeaba las murallas.

Cary aspiró entre dientes.

—¡Que vienen! —susurró Patrick.

El más orondo de los dos policías —un hombre de corpulentos brazos bronceados que abultaban la manga corta de la camisa del uniforme— habló con una voz que sonó suave y amistosa.

—A esto lo llamo yo un señor castillo, vaya que sí.

—Y que lo digas —dijo el otro hombre.

Los cristales oscuros destellaron en sus monturas doradas cuando los dos se inclinaron para asomarse al interior de las murallas y las torres de arena. El primer hombre volvió a hablar.

—Nunca había visto un castillo de arena tan impresionante. ¿Y tú, Dan?

—Desde luego, es el mejor que he visto en mi vida.

Uno a uno, los niños, que se encontraban arrodillados a ambos lados de Kathy, osaron levantar la cabeza para mirar a los agentes que se cernían sobre ellos, altos como árboles, enormes como gigantes.

—Y con puente sobre el foso y todo —dijo el joven al que el *sheriff* llamaba Dan.

—¿Y quién crees que vivirá en este castillo? —preguntó el *sheriff*.

Los niños seguían trasegando con la arena.

Los agentes de uniformes almidonados se pusieron en cuclillas, unos gigantes con pistolas de verdad y negros cristales delante de los ojos, asomándose al interior de la casita de muñecas de un niño.

—¿Quién es el mayor? —preguntó el *sheriff* al castillo.

Aunque solo pasaron unos segundos, a los cuatro niños Moss se les hizo eterno el tiempo que tardó Kathy en contestar con un tono de voz que, al parecer de todos ellos, los delataba claramente.

—Yo —consiguió articular la niña.

—¿Cómo te llamas?

—Kathy.

—Moss —anunció el agente más joven mientras consultaba un cuaderno.

—Vives en la casa blanca, ¿verdad, Kathy?

La niña asintió con la cabeza.

—¿Y estos son tus hermanos y tu hermana? —El hombre de los corpulentos brazos morenos era el que se encargaba de hacer casi todas las preguntas, y los niños juzgaron que era el más importante de los dos.

Kathy asintió de nuevo.

Ladybug soltó una salva de agudos ladridos.

El mayor de los agentes sonrió a Marti, los ojos ocultos tras el negro e inexpresivo cristal.

—Esta tendrá más o menos la misma edad que la pequeña de tus críos, ¿no, Dan?

—Justo. —El agente se quitó la gorra y se pasó los dedos por el pelo castaño cortado al rape. Inclinó su cuerpo por encima de la muralla del castillo, cerniéndose sobre la pequeña—. ¿Cuántos años tienes, jovencita?

—Cuatro.

—Cuatro años. —El hombre repitió la respuesta con fingido asombro—. Has acertado —le dijo al *sheriff*—. Justo los mismos que mi pequeña Corie. —Sus gafas se situaron al mismo nivel que los ojos grises de la niñita—. ¿Cómo te llamas?

—No te lo puedo decir.

Aunque pudo sentir como los niños se crispaban a su alrededor, Kathy no se arriesgó a mirarlos y llamar la atención del *sheriff* sobre lo aterrados que estaban.

—¿Es secreto? —El hombre sopesó la respuesta y se echó a reír.

—Ajá. —La pequeña asintió gravemente con la cabeza y levantó la vista hacia su hermana mayor, buscando su aprobación.

Sean se puso de pie.

—No sabe que son ustedes policías.

—Sí que lo sé —replicó la niña rápidamente—. Pero no debo hablar con extraños.

—Eso está muy bien. —El agente joven se cubrió el pelo castaño con la gorra y esbozó una amplia sonrisa, mostrando una dentadura perfecta e impolutamente blanca. Guiñó un ojo a la niña de cuatro años—. Tengo el nombre de esta jovencita apuntado aquí en mi cuaderno.

Nadie osó respirar.

—Te llamas... —dijo a la vez que sus gafas reflejaban la luz y deslumbraban a Marti—, te llamas Rumpelstiltskin MacGillicudy.

—Me llamo Marti Jean Moss.

El agente joven alargó una mano hacia el hombre mayor.

—Dame la foto. —Explicó su plan—: Los niños se pasan el día entrando y saliendo de todas las casas, así que es probable que la hayan visto.

El joven meneó los dedos en un gesto impaciente, esperando a que el otro le entregara la foto.

—No. —El mayor sacudió la cabeza.

—¿Por qué? ¿Porque es un cadáver?

—Exacto.

—Estos cinco van a ver cosas mucho peores en su vida.

—Pero no se las voy a enseñar yo.

El hombre más joven se enderezó cuan alto era y respiró hondo al mismo tiempo que flexionaba los músculos de la espalda, que se tensaron visiblemente contra la ceñida camisa de su uniforme. Soltó aire, relajó el cuerpo y no dijo nada. Este ejercicio parecía una suerte de declaración de intenciones, una manera de decir que había cumplido con su deber, hecho cuanto estaba en su mano, y que, si su jefe no quería ayuda, él nada más podía ofrecer. El *sheriff* enfocó a Kathy con sus inexpresivas gafas oscuras, de modo que la niña se viese reflejada en ellas.

—Kathy, quiero que vayas corriendo a casa y le pidas a tu madre que salga un momento, ¿de acuerdo?

—Nuestra madre está en Italia.

—Vale, pues entonces díselo a quien esté en casa cuidando de vosotros.

La niña no dijo nada.

Marti paseó la vista desde Kathy a los negros cristales de las gafas de sol del policía. Sean puso una mano sobre el hombro de la pequeña. Una leve brisa hizo llegar hasta ellos el ritmo del golpeteo del carpintero como un contrapunto a la cadencia de las olas.

Si estaba molesto, el *sheriff* lo disimuló.

—Venga —le dijo a su compañero—, probemos en la casa.

De pronto, Ladybug se levantó de un brinco y se puso a ladrar furiosa. El agente joven señaló la casa.

Un hombre de piel morena con pantalones negros y una almidonada chaquetilla blanca salvó de un paso el murete del patio.

Sin mediar palabra, el *sheriff* y su ayudante aguardaron a que se abriera camino por la blanda arena con sus zapatos negros de piel. Finalmente, el sirviente se plantó ante ellos, muy repeinado, con el pelo negro mojado y brillante. Una tiesa pajarita negra de clip ceñía el cuello de la camisa debajo de la tiesa chaqueta blanca.

El agente joven silenció al perro enloquecido mientras el *sheriff* miraba con gesto inexpresivo al acicalado muchacho.

—¿Trabajas para los Moss?

—Sí, señor. —Su voz sonó tan seria como la mirada de sus ojos negros—. Soy el criado, señor.

Si el Jeta lanzó una mirada fugaz a los cinco niños, ninguno de los moradores del castillo se percató.

—¿Identificación?

—La tengo dentro, señor. —Levantó el mentón señalando la casa y consiguió transformar el gesto en una disculpa—. ¿Quiere que vaya a buscarla, señor?

—No hace falta. —El *sheriff* se cuidó mucho de que se notase que no iba a darle las gracias al sirviente por su cooperación. Se sacó la carpeta negra de debajo del brazo—. Nombre.

—Carlos, señor. Carlos Iturbide.

—Tengo la impresión de que hay mucha gente con apellido hispano por aquí, ¿me equivoco, Carlos?

—No entiendo, señor.

—Hay un montón de chicanos trabajando en la Colonia, ¿no es así, Carlos?

El Jeta asintió varias veces y sorprendió a los niños esbozando una amplia sonrisa.

—Sí, señor. Creo que muchos.

—Y seguro que conoces a muchas de estas personas, ¿verdad?

—A algunas, señor. —El Jeta exhibió varios dientes de oro en una sonrisa obsequiosa.

—Pues vamos a ver si tienes buen ojo y puedes ayudarnos con una foto, ¿te parece, Carlos?

—Desde luego, señor.

—Antes te aviso de una cosa. La foto se tomó *después* de que la mujer se ahogara. ¿Entiendes?

El Jeta compuso aún más el semblante, ofreciéndose a colaborar como fuese. Asintió con la cabeza de nuevo.

El *sheriff* abrió la carpeta negra y sacó una brillante fotografía. Los niños se estiraron todo lo que pudieron para echar una ojeada a la horripilante imagen, pero el agente la sostenía muy cerca del Jeta. Desde el castillo solo veían la cara en blanco.

Los niños esperaron. ¿Se chivaría el Jeta? ¿Le obligarían a chivarse, como los niños habían visto que hacía la policía en la tele? El *sheriff* y el joven agente, sin revelar expresión alguna bajo sus gafas oscuras, escudriñaban al delgado joven.

—Ten en cuenta los rasgos, Carlos —dijo el agente—; la cara de la víctima está bastante deteriorada.

Los ojos del Jeta escudriñaron la fotografía. Su semblante no delataba nada, ni rastro de emoción ni reacción alguna, solo concentración en la tarea.

—¿Qué me dices, Carlos?

Sin levantar la vista de la instantánea, el Jeta se pasó el dedo índice por el bigote y negó con la cabeza.

—No, señor. Yo a esta mujer no la conozco.

El *sheriff* se quitó las gafas de sol antes de colocarse al lado del hombre delgado para examinar la fotografía.

—Escucha, Carlos, sabemos que no es fácil identificarla a partir de esta foto en particular, pero como tú eres chicano como ella… Lo que quiero decir es que al resto de la gente de por aquí, en general, le cuesta distinguir.

Si el sirviente de la chaqueta blanca les tenía miedo a los dos agentes, no lo mostró. Siguió mirando la fotografía fijamente.

—Pero, señor, yo a esta mujer no la conozco.

Los niños se miraban de reojo sin mover la cabeza, pero ni uno solo de los cinco se atrevía a mirar al Jeta.

El *sheriff* no consiguió ocultar su fastidio.

—¿Estás seguro?

Por primera vez, el mexicano levantó la vista de la fotografía.

—Sí, señor. Estoy seguro.

El *sheriff* refunfuñó, devolvió la foto al interior de la carpeta y se quejó entre dientes al joven.

—Va a ser imposible. La mayoría están aquí ilegalmente, para empezar, e incluso si supieran algo puedes estar seguro de que no dirían nada. ¿Cómo espera el condado que los tengamos controlados?

El *sheriff* disfrazó de urbanidad su malestar a duras penas y se volvió hacia los niños.

—Gracias.

El Jeta, que seguía muy serio, se mostró extremadamente cortés.

—Con permiso, señor, ¿me puedo retirar?

El *sheriff* asintió y el Jeta echó a andar hacia la casa. Ladybug salió detrás del hombre de la chaqueta blanca, alternando gruñidos y agudos ladridos.

Los dos policías se dirigieron a grandes zancadas hacia la siguiente casa.

14

Los cinco niños del castillo siguieron al Jeta con la mirada hasta que cruzó la puerta corredera de cristal de la sala de la televisión. Dos casas más allá de la de los Moss, los agentes se plantaron delante de otra puerta.

—Patrick —dijo Kathy en voz baja—, ve a vigilarlo.

El niño miró atónito a su hermana.

—Ya me has oído.

—¿Por qué?

—¡Porque lo digo yo!

—¡Podrías pedírselo a Cary para variar!

—Cary no puede porque le toca ir a por agua para Sean.

A ninguno le parecía que esa fuera una razón válida para eximir a Cary, pero la rápida reacción de Kathy dejó a Patrick a la defensiva.

—Así podremos entrar. Ve a vigilarlo y avísanos cuando salga de la sala de la tele. —Kathy fue categórica—. Es más, ¡a partir de ahora tenemos que saber *con exactitud* qué hace en cada momento!

Kathy sentía que no podía arriesgarse a que volvieran a poner sus órdenes en entredicho, así que miró con dureza al niño hasta que se levantó, trepó por encima de la muralla y echó a caminar pesadamente por la arena.

Cuando llegó a la cristalera, se dio la vuelta y les indicó por gestos que el hombre de dentro estaba sentado viendo la película.

—El Jeta es peor que ella —refunfuñó Cary.

—No quiero volver a hablar de ella nunca más. —El tono de Kathy fue tajante, cristalino, pero Sean se atrevió a completar el pensamiento de su hermano.

—Pero ella al menos nos dejaba ver lo que queríamos.

Los labios regordetes de Cary se tensaron en una línea firme.

—¡Ya sé! —Esta vez el niño no dio tiempo a que los demás reaccionaran—. ¡Podemos subirlo a una colchoneta a él también!

—¡Nosotros a ella no le hicimos nada! —negó la niña de inmediato—. Aquello pasó sin querer. ¡Nadie hizo nada!

Cary insistió.

—Vale, pero algo tenemos que hacer con él.

—¿Como qué? —Fue Sean el que planteó la cuestión.

Kathy recogió arena en la cuenca de una mano y la dejó escapar lentamente entre los dedos.

Marti copió a su hermana y cogió un puñado de arena. La pequeña miró a sus hermanos y a su hermana y, al captar la tensión entre ellos, se asustó y la lanzó.

—¡No hagas eso! —gritó Kathy. La hermana mayor se aferró a la oportunidad de reprender a la niña, una reacción que Cary y Sean pensaron que había escogido para no contestar la pregunta.

Cary se puso de pie y sacudió de arena su camisa hawaiana llena de lamparones.

—Tengo hambre.

—¿Vas a entrar? —preguntó Sean.

—A mí ese no me da ningún miedo —mintió el niño a la vez que trepaba por la muralla del castillo y echaba a andar por la arena.

Kathy tomó la mano de Marti y condujo a la pequeña sobre el puente levadizo de madera de deriva.

Sean, a solas en su castillo, enderezó las hileras de lápidas de palitos de helado.

Cary salió al patio desde un lateral de la casa protegiéndose los ojos del sol con una mano y masticando un enorme bocado de dónut relleno de mermelada. Unos restos del rojo sirope brillaban a chorretones sobre su camisa hawaiana. Kathy, que estaba con Patrick junto a la cristalera, se llevó un dedo admonitorio a los labios. Cary indicó con un gesto de asentimiento que comprendía la necesidad de estar callados para poder espiar al Jeta. Miró a su alrededor. ¿No tendría que haber alguien vigilando a Marti? Sin moverse, se asomó por encima del murete del patio y vio que la niña estaba clavando una cuchara de madera en la blanda arena blanca, que todavía conservaba las marcas del rastrillado matutino.

Cary se dirigió al niño y la niña de la cristalera con un susurro.

—¿Lo veis?

Patrick contestó en voz baja.

—Se acaba de levantar del sofá.

—Habrá ido a buscar algo a la cocina —dijo Cary chupándose los dedos—. ¿Podemos entrar ya?

—Espera.

Una mariposa revoloteó por el patio bañado de sol donde los tres niños arrojaban sombras sobre el enladrillado.

De un rincón de la casa surgió otra sombra. Sin hacer ruido, el Jeta avanzó y se plantó justo detrás de los niños antes de que advirtieran en la cristalera el reflejo de su chaqueta blanca y de su pajarita negra. Cary ahogó un grito, pero ninguno se movió. De manera instintiva, el hombre agarró al más lento de los tres.

—Ni una palabra. —La voz era suave y más aterradora que ninguna de las que habían escuchado los niños en la televisión.

Kathy y Patrick sucumbieron al miedo y retrocedieron dando traspiés. Cary forcejeaba con el hombre, tratando de zafarse de él. Marti, que observaba desde la arena, levantó en alto su cuchara en un gesto de sorpresa.

—¡Ven conmigo! —El oscuro rostro indiano del Jeta tenía el mismo rictus que el de una estatua azteca—. ¡Vamos!

El niño gordo se retorcía bajo el agarre del hombre y se puso a gritar mientras el mexicano tiraba de él hasta la esquina de la casa, la rodeaba y cruzaba el patio trasero que conducía al garaje y a la calle. Cary se tropezó con el patinete de Patrick y cayó al suelo. El Jeta lo levantó de un tirón.

—¡Andando! —ordenó el hombre.

Kathy, Patrick y Marti, con cuidado de mantenerse fuera del alcance del hombre, siguieron al mexicano y a su prisionero.

En el interior del garaje, los parachoques delantero y trasero del Lincoln Continental gris metalizado nuevecito de Paula apenas encajaban entre las paredes. El pulcro acabado del coche brilló cuando la luz penetró por la puerta abierta y se reflejó en la pulida superficie de la carrocería cromada.

El Jeta señaló el coche con un gesto del mentón.

—¡Dame las llaves!

El prisionero forcejeó.

—Es de nuestra madre. —Cary lanzó una mirada angustiada a su hermano y a sus hermanas, en la entrada del garaje.

Con aire resuelto, Kathy se acercó, abrió el coche y ocupó el asiento de piel del conductor.

—Es verdad. El coche es de nuestra madre. Solo lo conduce ella. ¡*Nadie más!*

Patrick, en la puerta del garaje con Marti, alegó una razón completamente distinta para negarle el Lincoln al hombre.

—Si lo condujeras y tuvieras un accidente, vendría la policía. Como en la tele. ¡La policía *siempre* rastrea los coches para averiguar la identidad de los conductores a la fuga!

—En México no —dijo el Jeta con una leve sonrisa.

Los niños se miraron entre ellos.

—Pero hay un vigilante en la garita. —Sean había aparecido en la puerta y se atrevió a mirar a la cara al intruso de pelo negro mientras hablaba—: Sabrá que es el coche de nuestra madre.

¿Los había entendido el Jeta? Los niños no alcanzaban a leer su imperturbable rostro moreno. El hombre, que sujetaba a Cary retorciéndole el brazo hacia atrás, tiró con fuerza hasta que su rehén gritó de dolor.

—¡Las llaves!

—¡No tenemos las llaves! —gritó Kathy.

El Jeta soltó el brazo del niño y se abalanzó hacia el coche, agarró a la niña por su fina muñeca y tiró de ella con fuerza hasta que la tuvo plantada de pie muerta de miedo ante él.

—Tú vas a buscar las llaves y vas a avisar al vigilante de la garita. Le vas a decir que yo ahora trabajo aquí. ¡Le vas a decir que mañana por la mañana *yo* conduzco este coche!

Kathy forcejeó, pero no consiguió soltarse. Los brillantes ojos negros del hombre saltaron de un niño a otro, rápidos como los de un lagarto, hasta que los abarcó a los cinco con la mirada.

—Ahora me voy. Solo hasta el restaurante Marlin. Unos minutos, no más. ¡Cuando vuelva quiero las llaves!

Sus palabras flotaron en el garaje oscuro. Kathy se soltó de un tirón al mismo tiempo que el hombre se abría paso hacia la puerta del garaje, arrimado a un costado del coche y pasando la mano sobre el metal, un conquistador preparando el rapto. Cuando levantó la puerta y el Lincoln destelló en la luz del ocaso, acarició sus esbeltas formas con la mirada.

Kathy se masajeó la muñeca y siguió a Patrick y a Cary hasta la puerta de la calle para mirar al hombre flaco de pelo negro, que se dirigió a su oxidado DeSoto descapotable y se sentó al volante. Detrás de una diminuta virgen de plástico adherida al polvoriento salpicadero, se santiguó, giró la llave en el contacto y su amplia sonrisa se esfumó cuando el motor soltó un traqueteo pero no arrancó.

En el garaje no se movió ni una mosca.

Al final, el viejo DeSoto se puso en marcha con un par de carraspeos y una sacudida. El fatigado coche tomó la calle particular chirriando y rechinando.

Kathy condujo a sus cuatro hermanos al interior de la casa y, una vez allí, se puso rápidamente a lanzar órdenes a diestro y siniestro.

—¡Deprisa! ¡Antes de que vuelva! ¡Cerrad con llave todas las puertas y todas las ventanas! ¡Todas! ¡Rápido!

Contagiados por el pánico de su hermana, los cuatro corrían de un lado a otro de la casa. Kathy los seguía a toda velocidad de puerta a ventana, sacudiendo pestillos, comprobando cerraduras, haciendo tintinear cadenas a prueba de ladrones. Como seguía sin sentirse lo bastante segura, de pronto mandó a los chicos que empujaran muebles contra las puertas delantera y trasera y que encajasen la escalera de aluminio delante de la ventana rota del rincón del desayuno.

—Sean. Mejor coge un martillo y clavos y tapia esa ventana rota con un tablero.

Tras una última inspección a las barricadas, Kathy condujo a Sean y a Patrick a la sala de la televisión, donde halló a Cary delante de una película y lo puso en pie.

—¡Nada de tele! —gritó—. ¡Primero hay que estar bien seguros de que no podrá entrar!

Ordenó a los tres chicos que empujaran el sofá contra la cristalera.

Sean cruzó el recibidor y retiró una silla de delante de la puerta principal.

—¡No la abras! —chilló Kathy. La niña se acercó corriendo para interponerse entre su hermano y el cerrojo.

—¿Por qué no puedo salir a la playa y seguir con mi castillo? La voz de la niña se quebró, al borde de la histeria.

—¿Es que no lo *entendéis*? ¡A partir de ahora nadie entra ni sale de esta casa! —Miró las cortinas de la cristalera—. ¡Volverá de un momento a otro!

La mano de Sean se separó de la puerta. Contempló a su hermana entrar corriendo en el salón para iniciar una nueva ronda de comprobación de ventanas y puertas.

El miedo que se respiraba en cada rincón de la oscura casa ni siquiera se disipó cuando Kathy permitió finalmente que su familia se reuniera delante de los luminosos colores del televisor. En el exterior, al otro lado de las cortinas echadas de la sala de la televisión, el sol se estaba poniendo, pero ninguno de los niños miraba a otro lado que no fuera el brillante resplandor.

En medio de una película en la que los Marines cargaban con sus bayonetas, Kathy se acercó y bajó el volumen de repente.

Marti aulló frustrada ante el sonido amortiguado.

—Shhh. —Kathy alzó una mano advirtiéndoles que guardaran silencio—. Oigo algo.

Los cinco escucharon con atención.

—¿Ese es su coche? —preguntó Kathy.

—Yo lo único que oigo son las olas —dijo Cary, mascando una grasienta tira de beicon que había cogido directamente de la nevera.

Kathy quitó el sonido del todo.

—¡Calla y escucha!

La aldabilla de la verja hizo clic. Los niños se quedaron petrificados. Unos pasos sonaron, de manera inconfundible, en el porche delantero. La manilla de la puerta dio varias sacudidas. El hombre de afuera aguardó. ¿Aquello que oían era su respiración? No. Lo más probable era que aquella rítmica cadencia que llenaba la casa fuera el sonido de las olas o el latido de sus corazones. Unos pasos abandonaron el porche.

Silencio.

De repente se sacudió la puerta trasera.

—Silencio —avisó Kathy.

La puerta se zarandeó accionada por la mano que agitaba el pomo. Kathy se mordió los labios hasta que los alambres de su aparato dental le cortaron la carne y manó la sangre. Cerró los ojos. El pestillo aguantaba. Durante un buen rato, los niños solo escucharon el sonido de las olas rompiendo regularmente en la orilla.

En la televisión, los marines, en un silencio sepulcral, avanzaban cautelosos por una jungla, con los fusiles en posición. Un francotirador disparó sin producir el menor ruido. Como una criatura vista a través de un cristal, un joven soldado se crispó y se desplomó sobre las hojas.

Detrás de la cortina, unos pasos cruzaron el patio enladrillado. La cristalera se estremeció con furia en el marco de aluminio.

El hombre corrió sobre los ladrillos.

Nadie osaba romper el silencio. Sean creyó que había perdido el habla y, al mirar a Cary y a Patrick y ver cómo temblaban, se dio cuenta de que estaban igual de aterrados que él. Kathy se tapó los ojos, y sus hermanos vieron que sus dedos brillaban a la luz, empapados de lágrimas.

Kathy se tensó.

—¡Escuchad!

En la cocina un tablero se precipitó contra el suelo, y la escalera de mano cayó de la ventana con un estrépito metálico. Una mano morena se aventuró al interior para apartar las cortinas quemadas y abrir el pestillo con cuidado.

15

Los niños hicieron todo lo posible por identificar los movimientos del Jeta por la cocina. ¿Se estaba acercando por el pasillo? Abrió el cerrojo de la puerta trasera y se adentró en la noche. Un instante después lo oyeron entrar de nuevo en la cocina. Los cuatro apenas se movían, pero Patrick se atrevió a acercarse de puntillas hasta las puertas persiana para asomarse al recibidor. Murmuró que el hombre había entrado en el dormitorio de la criada cargado con una americana, unos pantalones de *sport* y una vieja maleta.

Los pasos del Jeta subieron las escaleras y volvieron a bajarlas pesadamente.

—¡Ha cogido las camisas y las corbatas de papá!

En silencio, Patrick regresó al sofá y a la imagen del televisor. Kathy se removió inquieta en la silla. Al ver algo por el rabillo del ojo, alzó la vista y miró hacia la puerta.

El Jeta, ataviado con camisa vaquera amarilla clara y pantalones negros, estaba en el recibidor vertiendo whisky Jack Daniels de una botella a un vaso, mientras miraba fijamente a Kathy y a los cuatro que compartían el descubrimiento de su hermana.

Su expresión era impasible. Lo que estuviera pensando quedó oculto tras el vaso que en ese momento se llevó a los labios. Bajó el vaso y se secó el bigote con un dedo.

Kathy, en la silla, y los niños, en el sofá, giraron la cabeza bruscamente para fingir que estaban muy atentos a la pantalla.

—Las llaves del coche —dijo el Jeta.

Se produjo un rápido intercambio de miradas entre los chicos. Kathy se retiró el pelo de la cara, se adelantó y subió el volumen del televisor.

El Jeta lanzó el vaso contra la chimenea, donde se rompió en mil pedazos.

Kathy se levantó de la silla, esquivó al hombre en la puerta y salió al recibidor. Subió corriendo las escaleras, entró en el dormitorio de su madre y abrió el cajón derecho de la cómoda. Cuando regresó, el Jeta agarró las llaves plateadas.

—Tráeme otro vaso.

Kathy corrió a la cocina y volvió con un vaso.

El Jeta se sirvió otro Jack Daniels, bebió y se alejó de la puerta. Pasaron muchos minutos sin que ninguno de los niños se moviera. Ni hablara. Al final fue Patrick, una vez más, el que se acercó de puntillas a las lamas. Un instante después, Sean y luego Kathy y Cary se reunieron con él para observar al Jeta sacando rifles y cámaras, licores y ropa por la puerta de atrás.

—Se está llevando hasta los ceniceros de plata del salón. Lo está metiendo todo en el coche de mamá —susurró Kathy alarmada.

Patrick se acercó a una ventana, desde donde comunicó a los demás que eso era exactamente lo que estaba haciendo.

—En el garaje dijo nosequé de México —murmuró Sean.

Patrick asintió.

—Eso quiere decir que se va.

—¿Cuándo?

Los niños iban a tener una respuesta antes de lo que pensaban, porque el Jeta volvió a la casa, cerró de golpe la puerta trasera y entró en la sala de la televisión, donde se encontró a los cinco de vuelta en sus puestos, fingiendo que miraban las imágenes. Descolgó el teléfono del escritorio de Marty y habló en español. Su forma de reírse y la calidez de su voz reveló a los niños que estaba hablando con una mujer, y cuando colgó comprendieron perfectamente las tres palabras que pronunció.

—Lincoln. México. *Mañana.*[4]

Salió tranquilamente de la habitación y oyeron descargar un inodoro.

—Antes de irse nos matará —dijo Sean.

Nadie contradijo su profecía.

—No puede arriesgarse a que le contemos a la policía que ha estado aquí.

—¡Yo no les diré nada! —aseguró Cary—. ¡De verdad!

—Tiene que hacerlo antes de irse mañana por la…

El tintineo del hielo en un vaso de whisky enmudeció a los niños, y sus ojos escrutaron el pueblo del Oeste.

Dos vaqueros ataban sus caballos a la puerta de un establo de librea. Uno se llevó la mano al revólver.

—Más hielo —le dijo el Jeta a Sean.

El niño indicó con un gesto a los demás que no merecía la pena discutir, y se apresuró a la cocina, de donde regresó con un cuenco de cubitos de hielo. El Jeta le hizo una señal a Sean para que depositara el cuenco sobre el brazo del sofá.

Sean se sentó, pero el Jeta negó con la cabeza.

—No.

Los niños buscaron la reacción de Kathy. La niña, cuyo rostro reflejaba el resplandor del televisor, no se movió, y el intruso le bloqueó la visión para cambiar de canal. *El cielo azul del Oeste mudó en una mujer vestida de lentejuelas que cantaba en español. Tras un estallido de aplausos, dos hombres con bigotillos similares a los del boxeador empezaron a parlotear.* Muy despacio, el Jeta se dejó caer en el sofá, ocupando el sitio de Sean.

4. En español en el original.

—Así está mucho mejor, ¿eh? —Levantó la vista y, al ver que el niño del audífono torcía el gesto, mojó los dedos en la copa y le salpicó con unas gotas—. ¿Me oyes, *sordo*?[5]

Uno a uno, los niños salieron de la habitación y se fueron reuniendo en las escaleras enmoquetadas.

Una hora después, Patrick bajó las escaleras silenciosamente, cruzó el recibidor y se asomó con mucho cuidado a la sala. Hizo una señal a los demás para que se acercaran.

—Está dormido. —Gesticuló para indicarles que se movieran sin hacer ruido—. Si estamos muy muy callados podemos ver la tele sin que se entere.

Kathy apartó a Patrick, se adelantó y los cuatro la siguieron de puntillas al interior de la habitación.

Temiendo despertar al hombre dormido, ninguno se atrevió a ocupar el sofá. Se dejaron caer sobre la moqueta mientras Kathy bajaba el volumen todo lo posible. Sean se ajustó el audífono.

En la sesión de noche, sumido en una siniestra neblina verduzca por falta de ajuste del color, un joven acechaba a una bonita viuda y a sus dos hijos en una calle de las afueras donde el viento nocturno barría las hojas.

Junto a una farola, la mujer se giró y sonrió aliviada cuando reconoció al joven como uno de sus vecinos.

Los niños Moss contuvieron la respiración cuando él se ofreció a acompañar a los tres a casa. Hasta ese momento, el joven solo había mostrado algún que otro indicio de violencia reprimida, pero los niños, como expertos televidentes, sabían que la música siniestra, la caída de hojas y las sombras en movimiento eran señales inequívocas de terror inminente y acción desenfrenada.

Incluso cuando la película fue ganando emoción, a medida que el asesino se acercaba peligrosamente al momento en que planeaba matar a sus víctimas y los niños estaban casi paralizados de miedo, Kathy, igual que los otros, sabía que mientras siguiese

5. En español en el original.

notando una respiración regular a su espalda todo iría bien. A pesar de esto, ella y los demás apartaban a menudo la mirada del televisor que los tenía hipnotizados para observar al hombre que dormía en el sofá.

La viuda ya se había dado cuenta de que el hombre era el asesino y los tenía atrapados a los tres en la solitaria casa de veraneo. La madre, su hijo y su hija se apiñaron juntos en una habitación oscura al mismo tiempo que la sombra del asesino cruzaba temblorosa por delante de una ventana. Ella ahogó un grito y le susurró a su hijo que fuera corriendo a buscar el cuchillo de caza de su padre. Luego se encargó ella misma de apagar la última luz que quedaba encendida en la casa. Protegiendo a sus hijos, cuchillo de caza en mano, se acuclilló en la oscuridad, aguardando al demente.

Marti y Cary, Sean y Patrick, e incluso Kathy se fueron acercando más y más a la pantalla mientras escuchaban los pasos del asesino crujir lenta y deliberadamente en la grava del paseo de acceso a la casa. El resplandor de la tele a color trepidó en los rostros transidos de tensión de los que observaban cuando el demente subió los peldaños de la entrada y echó abajo la puerta.

El joven, blandiendo un revólver ante sí, entró muy despacio en la casa a oscuras. La mujer aguardaba con el cuchillo. El hombre se fue acercando, de habitación en habitación, hasta que vio a los dos niños indefensos, con los ojos muy abiertos, en un rincón. El cuchillo arrojó un destello cuando la mujer se abalanzó desde detrás de la puerta. El hombre de la pistola dobló las rodillas y se desplomó en el suelo. La viuda cejó el ataque, pero siguió cerniéndose sobre el cadáver que yacía a sus pies. Los dos niños corrieron al encuentro de su madre, pero ella tenía la mirada clavada en la mano que sostenía el cuchillo ensangrentado, el cuchillo que se acercó más y más hasta ocupar la totalidad de la pantalla del televisor.

La tensión perduró en el ambiente de la sala de la televisión, incontestada por el anuncio publicitario que emitieron a continuación. Los cuatro mayores se miraron consternados. La pequeña de cuatro años estaba sentada entre Sean y Cary, con los ojos enrojecidos, pero resistiéndose a quedarse dormida. Ninguno oyó lo que decía el anuncio, solo las palabras que susurró Patrick:

—Nosotros sí que deberíamos coger un cuchillo.

Kathy escrutó el rostro de sus tres hermanos, evaluando sus sentimientos. Ninguno se opuso a la sugerencia de Patrick. La niña se quedó un buen rato mirando a los tres y luego se volvió para contemplar al hombre que dormía en el sofá. Entre dientes, en una voz tan baja que Patrick apenas consiguió oír la orden murmurada, la niña le habló con urgencia:

—Ve. ¡Coge un cuchillo! De los de la cocina.

El niño salió corriendo de la sala de la televisión sin hacer el menor ruido. Sean y Cary no se atrevían a mirar a su hermana ni a mirarse entre ellos. Su hermano volvió enseguida con un cuchillo para pelar verduras.

Kathy siseó entre dientes, impaciente.

—Coge uno *grande,* el más grande de todos. ¡Corre!

Cuando regresó por segunda vez, Patrick portaba un cuchillo de trinchar de veinticinco centímetros. En la pequeña mano del niño, bajo el resplandor del televisor, la hoja parecía enorme. Los cuatro contemplaron el pálido acero gris. Aquel no era un cuchillo de ferretería de barrio, ni mucho menos un cubierto de acero inoxidable, sino un cuchillo *auténtico,* un cuchillo con una espiga que llegaba hasta el talón del mango de nogal, un cuchillo con tres grandes remaches que mantenían las cachas de madera bien sujetas al metal. La hoja destellaba, puesto que llevaba sin usarse tres semanas, cuando Aguacates la había afilado para trocear pollos.

Patrick le tendió el cuchillo a Kathy, pero la niña estaba mirando fijamente al hombre del sofá.

¿Era ese el aspecto que tenían los muertos? Los ojos del hombre estaban cerrados, la tez cobriza de su rostro no mostraba expresión alguna, una mano yacía laxa sobre los botones de nácar de su camisa vaquera. Kathy se inclinó hacia delante para ver si respiraba y solo mirando muy de cerca comprobó que la mano del pecho subía y bajaba. Una cadena y una medalla de oro le brillaban en el cuello.

El Jeta se agitó levemente, y los niños contuvieron la respiración, espantados de que el hombre, de alguna manera, aun dormido, supiese que los cuatro lo miraban, supiese lo que estaban pensando. Al final, Kathy susurró:

—¿Quién lo hace?

Patrick, amagando un ataque, se cernió sobre el hombre del sofá con el cuchillo en alto. Blandió el cuchillo con tal fiereza en el aire que los otros niños recularon.

—Si te ves capaz —le dijo Kathy a Patrick—, hazlo. ¡Ahora!

Patrick bajó el cuchillo a un costado. Negó con la cabeza y Kathy se acercó para arrancarle el mango de los dedos. Se volvió hacia Cary, lo agarró del brazo y le plantó a la fuerza el cuchillo en la mano. El niño gordo, temblando y al borde de las lágrimas, reculó, apartándose de su hermana.

—¿Y tú, Sean?

Al oírla, el mayor de los chicos levantó una mano con un gesto negativo.

La niña se volvió hacia Cary, que sostenía el cuchillo en la mano.

—Tienes que hacerlo. Si lo haces, te prometo que no volveremos a llamarte Bola de Sebo nunca más. Lo juraremos sobre la Biblia.

Cary apenas se movió, lo justo para negar con la cabeza.

Kathy fulminó con sendas miradas a Patrick y Sean, que se apresuraron a asentir, asegurando que harían lo que Kathy acababa de prometer.

—Vamos, Cary —dijo Patrick—, ¡tú puedes!

Cary blandió el cuchillo y, antes de que flaquease, los tres se le arrimaron por la espalda para empujar al rechoncho niño al sofá, donde se plantó directamente sobre el hombre dormido.

Sus hermanos y su hermana notaron que temblaba.

Kathy, Sean y Patrick se cernían sobre la espalda del niño, que alzó el cuchillo. Si la suma de sus voluntades le hubiese podido obligar, habría atacado en ese mismo instante, pero la postura se le antojó forzada y el niño bajó el arma para agarrar mejor el mango.

—¡*Hazlo!* —susurró Patrick con tono sibilante.

El hombre del sofá se movió, inquieto.

—Shhh. —Kathy, que tenía otra noción, una percepción distinta de Cary, advirtió a Patrick que no dijera nada más.

Cary levantó el cuchillo.

En el suelo, a los pies de los otros, Marti se movió y se arrastró hasta el televisor. Se colocó de rodillas, alargó la mano al botón del volumen y lo giró al máximo. Un violento estruendo de disparos procedente de la película de vaqueros surgió del televisor, y el hombre del sofá se despertó y se sentó de un respingo. El sonido de los tiros retumbaba en la habitación. Entonces, sacudió la cabeza para despertarse del todo y clavó su ojo sano en el niño gordo que se cernía sobre él con un afilado cuchillo en alto.

El Jeta se apartó del niño de un salto, y los hermanos se tambalearon hacia atrás.

Los gritos con los que Kathy pretendía darle órdenes a Cary brotaron mudos de su boca. Desesperada, empujó con todas sus fuerzas al niño gordo, y Cary cayó hacia delante y le clavó el cuchillo al Jeta en el hombro.

Aturdido, el hombre se miró atónito, como si lo único que le preocupara fuese el desgarrón en su camisa vaquera. Mientras contemplaba cómo la mancha roja de sangre se iba extendiendo por el tejido amarillo, el cuchillo cayó sobre la moqueta.

Con un bramido, el hombre lanzó un puñetazo y alcanzó a Cary de lleno en la cara. El golpe provocó que las gafas del niño salieran despedidas y que el propio niño girara sobre los talones y se desplomara de lado sobre el extremo del sofá.

El Jeta se apretó la herida y su mano se cubrió de sangre. Enfurecido, el hombre miró primero al chico del sofá y luego a los niños: a Kathy y Patrick, en un rincón; a Sean y Marti, contra la pared. Era un animal herido decidiendo dónde atacar.

Cuando el niño del sofá, su mundo emborronado sin sus gafas, vio la figura cernerse amenazante sobre él, rodó de los cojines al suelo en un intento de levantarse y huir del hombre ensangrentado. Llorando desconsoladamente, Cary le pidió ayuda a Kathy a gritos. La niña se agarró a Patrick y contuvo un grito de terror.

Justo antes de que el Jeta se abatiese sobre él, Cary tuvo la impresión de que le fallaban las piernas. ¿Podría moverse? Ante un alarido del hombre, el niño se sorprendió a sí mismo dando media vuelta y lanzándose a través del hueco de las puertas persiana, que se apresuró a cerrar tras de sí.

El hombre las abrió bruscamente de par en par y corrió tras el niño.

En el recibidor trató de agarrarlo, pero Cary esquivó la mano echándose a un lado y enfiló las escaleras a trompicones. Resoplando y cegado por las lágrimas, el niño reunió todas sus fuerzas para llegar a la planta de arriba, donde se apresuró a resguardarse en el dormitorio de sus padres.

Los pasos del Jeta resonaron en las escaleras.

Cary buscó frenéticamente un sitio donde esconderse. Se metió de puntillas en el vestidor de su madre, abrió las puertas del armario, deslizándolas de la manera más silenciosa posible, y se adentró en la oscuridad para agazaparse entre los vestidos y los abrigos, que desprendían un intenso olor a cristales perfumados antipolillas.

Cary alcanzó a oír las toses del Jeta procedentes del descansillo, como si le costase respirar.

Abajo, en la sala de la televisión, Sean levantó del suelo a una temblorosa Marti y corrió con ella hasta el cuarto de la colada, al lado de la cocina, donde los dos se escondieron en la oscuridad. Kathy y Patrick seguían encogidos de miedo en el mismo rincón, donde el niño se vio de pronto sujetando una lanza, la afilada punta orientada hacia la puerta.

En el armario de Paula Moss, Cary temblaba de terror y hacía todo lo posible por apaciguar sus sollozos. Se cubrió la boca cuando oyó abrirse la puerta del dormitorio. Unos pasos entraron, cruzaron y se aproximaron. A un par de metros, la puerta del cuarto de baño se abrió y luego se cerró de un portazo. Los pasos se acercaron al armario.

Cary retrocedió en la oscuridad hasta quedar con la espalda pegada a la pared. Contuvo la respiración. De repente, la puerta corredera se abrió de una sacudida y la luz llenó el armario. En un borroso abrir y cerrar de ojos, el niño vio apartarse la ropa que lo ocultaba y se encontró cara a cara con el Jeta. El hombre se llevó la mano ensangrentada con la que se había estado presionando la herida a un bolsillo del pantalón y sacó su navaja. La hoja se desplegó con un chasquido.

El niño empezó a bracear a ciegas, golpeando con las manos las perchas y enredando al hombre con los vestidos de su madre que iban cayendo de ellas. Mientras el Jeta se zafaba de la lluvia de ropa haciéndola jirones, Cary se escabulló dando traspiés y salió corriendo del vestidor.

Medio a ciegas, llegó hasta la escalera y se agarró del pasamanos. Al girar por los peldaños, divisó al Jeta en el descansillo, con la navaja en la mano. El niño tropezó y aterrizó despatarrado sobre la moqueta. Sacó fuerzas de flaqueza, se levantó, cruzó el recibidor como pudo y entró en la sala de la televisión.

Una vez dentro, Kathy cerró las puertas de golpe y pasó el pestillo. El niño se dobló en dos, tratando de recuperar el aliento e incapaz de advertir con palabras a su hermana y a su hermano de que el hombre tenía una navaja.

En el recibidor, el Jeta asestó una patada a las puertas persiana e hizo saltar el pestillo. Las puertas plegables se abrieron de golpe y dejaron al descubierto al hombre, que miró fijamente a los niños del rincón mientras se restregaba en la camisa la mano ensangrentada. Patrick le pasó a Cary sus gafas y el niño se las puso justo a tiempo de ver al Jeta y su navaja avanzando hacia él.

Cary se hincó de rodillas y sus hombros empezaron a sacudirse con sus sollozos.

En una reacción instintiva, Patrick blandió la lanza contra el hombre. Muerto de miedo y desesperación, hendió el aire con la punta, tratando de detener su avance. El Jeta se echó a un lado para esquivar la afilada hoja. La lanza volvió a embestir. El hombre la evitó de nuevo. Mientras el niño mantenía a punta de lanza al hombre de la navaja, el Jeta se pasó un dedo por el bigote, alargó un brazo y se hizo con la silla de Kathy; luego, usando esta última como escudo, arremetió contra el niño.

Patrick lanzó una estocada. La afilada punta hendió la carne de la mano que sostenía la navaja y el arma cayó al suelo.

El Jeta se detuvo, miró primero al niño de la lanza, luego su mano cubierta de sangre. En un rápido movimiento, agarró la lanza por el fuste y, haciendo palanca, lanzó a Patrick a un lado.

Cary huyó a gatas por el suelo y se escondió detrás del sofá.

Deliberadamente despacio, el hombre se acercó a la chimenea y agarró un atizador ennegrecido. Tasó el peso del hierro y levantó el atizador para amenazar al niño y obligarlo a salir de su escondite.

Cary se puso de pie a duras penas y cayó de espaldas con un grito ahogado. Estaba atrapado contra la pantalla, cuyo color resplandecía a su alrededor. Lentamente, el Jeta levantó el atizador. Cary se giró de cara a la pared. Se acuclilló, tratando de protegerse la cabeza con los brazos a la desesperada y agachándose detrás del aparato.

El pesado hierro se abatió contra el televisor y atravesó la doble capa de cristal.

Como un relámpago, un destello de luz blanca iluminó la habitación. Veinticuatro mil voltios saltaron del aparato y surcaron el atizador para tensar primero y contorsionar después el cuerpo del hombre. Una explosión de cristales salió despedida contra el Jeta mientras se desplomaba.

De repente, la casa quedó completamente a oscuras.

Los gritos de Cary llenaron la negrura.

En el cuarto de la colada, Sean aguardó un buen rato antes de coger a Marti de la mano y abrirse camino a tropezones por la oscuridad hasta la cocina. En el fogón, encendió un fuego y la llama azulada del quemador de gas le proporcionó luz suficiente para rescatar a tientas la linterna del cajón de la cocina. Con el haz de luz apuntando hacia delante, Sean ayudó a Marti a cruzar el recibidor hasta la sala de la televisión.

En la oscura habitación, Kathy y Patrick se movieron delante del único haz como siluetas en trance mientras se unían a Sean y Marti. La luz barrió la habitación, hizo un alto en el humeante y devastado televisor y cayó sobre Cary, que había salido a gatas de debajo del aparato incandescente.

Los cuatro permanecieron muy quietos en la oscuridad, observando cómo Sean se acercaba con la linterna al televisor, lo desenchufaba de la pared, cogía la piel de cebra del sofá y cubría con ella el cadáver que yacía entre los cristales rotos.

16

E l sol luminoso y cálido entraba a raudales por las ventanas. Marti se arrimó a su hermana en la cama, y la mayor movió un brazo. En el suelo, los chicos habían apartado los gruesos cobertores de sus sacos de dormir.

La noche anterior se habían acurrucado los cinco en la cama de Kathy hasta que uno a uno se calmaron sus gemidos y su hipo. Solo Marti siguió llorando, y cada uno trató de consolar a la pequeña de cuatro años, pero pasaron las horas y los ojos de la niña estaban más y más enrojecidos, y su cuerpo se sacudió hasta dejarla agotada y sin fuerzas. La noche entera había mantenido en vela a su hermana y sus hermanos con su llanto, temblando, sin poder apartar los ojos de la puerta del dormitorio, que habían cerrado y asegurado contra lo que yacía abajo, en la sala de la televisión.

Kathy fue la primera en despertar. El sol le daba en los ojos. Se miró las manchas de la sudadera impresa con la palabra DIREC-TOR e intentó eliminar las costras de sangre rascando el otrora blanco algodón. Entró apresuradamente en el cuarto de baño, se quitó la sudadera y la embutió en el cesto de mimbre, ya casi desbordante de ropa sucia. Abrió la puerta de la ducha, se metió dentro y dirigió contra sí el caudal de agua fría a toda presión. Sirviéndose de una manopla y una pastilla de jabón, se frotó el cuerpo hasta que sintió en carne viva la piel quemada por el sol.

Sean abrió los ojos y alzó la vista hacia la cama de Kathy. Vio que Marti seguía durmiendo, pero que su hermana mayor ya no estaba.

Cary, hecho un ovillo en el saco, luchaba por seguir durmiendo y escapar. Se cubrió la cabeza con el cobertor para dejar afuera la luz del sol y el sonido de las olas. Lo consiguió. En la oscuridad del saco se manoseó el pene hasta que lo tuvo erecto. La calidez, la seguridad, el placer que Cary sentía a oscuras se esfumaron de repente. El pavor de la persecución de la noche anterior y su huida del Jeta invadieron su mundo secreto. Su pene se puso flácido. Sintió un escalofrío. Revivió el momento en que el cuchillo se clavó en el hombre, el derramamiento de la sangre. Buscando aire como un buceador que emerge a la superficie, Cary apartó a manotazos el saco de dormir y se puso de pie con dificultad. Cogió su camisa hawaiana para cubrir su gordo cuerpo y se estremeció ante la seca herrumbre de la sangre. Arrojó la camisa al suelo y corrió con sus pies planos hasta su propio dormitorio, donde se abotonó una camisa a flores limpia sobre el vientre rosado.

Junto a la cama de Kathy, Patrick volvió la cabeza, levantó la vista y se dio cuenta de que, aparte de Marti, que seguía durmiendo, no había nadie más en la habitación. Le dolía algo, pero no era el brazo vendado. La mano derecha de Patrick palpitaba con un dolor punzante. Movió la otra mano para buscar el origen del dolor y sus dedos hallaron una ligera hinchazón en la palma de la mano. Al presionar la zona tumefacta soltó un grito agudo. Se desembarazó del saco, parpadeando contra la brillante luz del sol, para examinarse la mano.

Cuando hubo abierto los ojos del todo, Patrick vio que tenía una astilla incrustada en la mano, y que la herida ya estaba inflamada. Se llevó a la boca la palma abierta y mientras intentaba pinzar el extremo de la astilla con los dientes pudo ver nuevamente al hombre de pelo negro avanzando hacia él con la navaja. De nuevo dio una estocada con la lanza. De allí había salido la astilla, del fuste de madera de aquella vieja lanza.

Patrick no le dio más vueltas al asunto y salió corriendo del dormitorio al descansillo, llamando a Kathy a gritos.

Los alaridos sacaron a Cary y a Sean al pasillo, donde se encontraron al niño, por lo general valiente, llorando y llamando a Kathy sin parar. Mostró la mano herida a los otros y les suplicó que fueran a buscar a su hermana mayor para que ella le sacase la astilla.

Los chicos encontraron a la niña secándose con una toalla de baño tan larga como alta era ella. Kathy la envolvió en torno a su cuerpo restregado y encendido, salió corriendo al descansillo y miró por el hueco de las escaleras hacia la sala de la televisión.

—¡Kathy! —chilló Patrick tendiendo la mano.

—Cállate —dijo ella. Aunque, con tono más suave, añadió—: Venga, a ver, ¿a qué viene tanto drama?

Patrick le enseñó a Kathy su herida.

—¿Lo ves? —dijo muy orgulloso—. Me la hice cuando le clavé la lanza.

La niña tomó su mano y lo condujo a la luz de una ventana, donde se puso a pellizcar la herida para sacar la astilla. Cuando el niño empezó a retorcerse de dolor y a chillar, ella tiró de la mano para acercarla más a la ventana.

—¡Venga ya, no seas cobardica!

—¡Es que me haces daño, jolines! —Fulminó a la niña con la mirada—. Podría clavarte una lanza a ti también, ¿lo sabes?

—Huy, sí, qué valiente.

—Te das cuenta de que de no ser por mí habría alcanzado a Cary, ¿verdad?

—Tú quédate aquí quieto mientras voy a buscar las pinzas.

Kathy encontró unas pinzas que usaba Paula para depilarse y le enterró las puntas a Patrick debajo de la piel. Luego, con los aullidos del niño de fondo, le extrajo la larga astilla.

—¡Ya está! A ver si aprendes a ser valiente de verdad.

—¡Eres la peor hermana del mundo mundial!

—Y que no se te olvide. Ahora demuéstranos lo valiente que eres —empezó Kathy muy seria— y baja a ver si sigue ahí.

Un silencio sepulcral cayó sobre los niños de repente. Kathy había evocado la imagen del hombre muerto, tendido bocarriba sobre un mar de cristales rotos y cubierto con una piel de cebra.

—A lo mejor se ha ido —murmuró Patrick. Intentó sonar esperanzado.

—Baja y compruébalo, ¡*valiente!* —ordenó Kathy.

Kathy condujo a Patrick hasta el borde de las escaleras y le espoleó con el dedo. Los otros chicos se unieron a ella para observar cómo bajaba los peldaños, paso a paso, y desaparecía dentro de la sala de la televisión.

Al cabo de un momento, Patrick asomó la cabeza al recibidor.

—Sigue aquí.

Los niños miraron dentro de la estancia y contemplaron los muebles tirados, el armazón inerte del televisor, los cristales rotos. Marti apartó a Patrick y a los demás de un empujón para abrirse camino por la moqueta hasta el aparato. Rodeó el cadáver tapado del Jeta y empezó a pulsar el botón de encendido una y otra vez. Luego se volvió con gesto apesadumbrado a los que estaban en la puerta.

—¡Está rota de verdad!

Kathy bajó la vista al bulto del cadáver debajo de la piel de cebra y experimentó un escalofrío repentino, dio media vuelta y llamó a los demás para que la siguieran. Una vez fuera de la sala, cerró y aseguró las puertas persiana y se colgó del cuello el cordón de cuero con la llave. A su alrededor, el oscuro recibidor se le antojó insoportablemente lúgubre.

—¡Encended todas las luces!

Cary pulsó el interruptor, pero ninguna luz hizo que se esfumara la negrura del recibidor, y Kathy se dirigió a toda prisa a la cocina inundada de sol. Ella y los demás se detuvieron en seco cuando sus pies desnudos chapotearon en un charco de agua que había en el suelo.

—Sale de la nevera —dijo Cary—. ¿Lo veis? La puerta está abierta...

—Anoche saltaron los plomos —dijo Sean—. Está todo apagado. Sin electricidad no funciona nada.

Se encaminó a la puerta trasera.

Kathy gritó:

—¿Adónde crees que vas?

El niño no respondió, pero cuando los otros lo siguieron al interior del oscuro garaje y hasta la caja de fusibles, quedó claro que su intención era reestablecer la corriente. Los cuatro observaron a Sean mientras manipulaba con torpeza la caja, dejaba caer un fusible, y probaba de nuevo.

—Kathy, abre la puerta del garaje para que pueda ver.

Kathy, Patrick y Cary enfrentaron juntos la pesada puerta. Al levantarla, el sol de la tarde penetró en el garaje y destelló en el gigantesco Lincoln.

—Arreglado —gritó Sean—. ¡Ya tenemos luz!

Pero los otros tres no se hicieron eco de su entusiasmo. Tenían los ojos clavados en la calle.

—Su trasto viejo —dijo Patrick en voz baja—. Sigue ahí fuera.

—A ver, los Moss. ¡Venid aquí ahora mismo!

Era el vigilante uniformado de la garita de la Colonia quien los llamaba.

—Eso es. Salid aquí. Quiero hablar con vosotros.

El viejo le hizo un gesto a Kathy para que se acercara con sus cuatro hermanos al oxidado DeSoto.

La niña sintió de repente que se le encogía el estómago de miedo. Sean la tomó del brazo, consciente de que lo único que ella quería era dar media vuelta y entrar corriendo en la casa. La mirada seria del vigilante hizo que todos los niños obedecieran su orden y, muy despacio, protegiéndose los ojos del sol, caminaron hacia él.

El guarda armado, de costumbre un hombre jovial siempre presto a bromear con los niños, no esbozó ni media sonrisa. Miró a los cinco, estudiándolos, dejándoles bien claro que los tenía en su punto de mira.

La niña lo miró a la cara repleta de arrugas con los ojos entornados. Finalmente, el hombre habló:

—Muy bien. Vamos a ver, ¿quién me va a contar qué pasa aquí?

Los cuatro esperaron a que hablara Kathy. Ella no dijo palabra.

—¿Y esta tartana? ¿Qué hace aquí este trasto?

Kathy anhelaba ofrecerle alguna respuesta, pero se quedó allí pasmada, muda, mientras él la miraba fijamente.

—Te estoy hablando, Kathy Moss. —El guarda prosiguió—: Si no me equivoco, este DeSoto es del novio mexicano de vuestra criada, ¿es así?

Kathy, incapaz de mentir bajo la grave mirada del expolicía, asintió con la cabeza.

—Sí, señor.

—Y lleva aparcado delante de vuestra casa al menos un par de días. —Fulminó con la mirada a los otros cuatro. Si alguno tenía algo que decir, les estaba dando la oportunidad de hacerlo—. Sé que vuestros padres están de viaje. Y sé que este coche no tendría que estar aparcado aquí.

Los niños lo escuchaban obedientemente detrás de Kathy, aguardando a que sucediera algo terrible.

—En cuanto entréis en casa, quiero que le digáis a esa criada vuestra que saque a su novio de aquí… *pronto*.

Kathy tuvo la impresión de que el interrogatorio del vigilante llegaba a su fin y se animó un poco.

—Sí, señor. Ahora mismo se lo digo.

—No lo olvidéis. Los quiero a él y a su coche fuera de aquí. Si este trasto viejo no ha desaparecido para cuando pase la ronda mañana por la mañana, no me quedará más remedio que tener una charla con esa *señorita.*[6] Así que id y contadle lo que os he dicho.

—Pero ella no habla inglés —osó replicar Sean.

—Vosotros decídselo de todos modos. Ella sabrá a qué me refiero.

Los niños se quedaron donde estaban, cambiando el peso de un pie a otro con inquietud, hasta que el vigilante les dio la espalda y echó a andar hacia la garita. Avanzó unos pasos y luego se volvió a mirar a los niños.

—Fuera de aquí. ¡Mañana a primera hora!

6. En español en el original.

17

—¿Y ahora qué hacemos? —Fue Sean quien, acompañado de los otros en la cocina, exigió una respuesta de Kathy—. ¿Qué hacemos con el coche?

La niña se revolvió furiosa y contraatacó.

—Tú también podrías haber dicho algo ahí fuera delante del guarda, ¿no? ¡Me has dejado tirada!

Cary le sacó a Marti el dedo de la nariz.

—El vigilante no sabe que ella no está aquí —dijo con tono esperanzado.

—Se enterará mañana, cuando vuelva —dijo Patrick.

—Patrick tiene razón. Si el coche sigue ahí, claro.

Las palabras de Sean permanecieron suspendidas en el aire, acusadoras, exigiendo que Kathy hiciese algo. Pero la niña dio la espalda a sus hermanos y se quedó mirando por la ventana rota. Se estaba desentendiendo, negándose a hablar del coche que estaba aparcado en la calle o del cadáver que yacía en el suelo detrás de las puertas cerradas de la sala de la televisión. Sean sorprendió a sus hermanos agarrando a Kathy por el hombro y obligándola a darse la vuelta.

—¡El coche está ahí fuera y no se va a ir! ¡Él está ahí dentro y tampoco se va a marchar, a no ser que entre todos hagamos algo!

La niña, con lágrimas en los ojos, gritó:

—¡Vaya, qué listo te has vuelto de repente! *¡Pues haz tú algo para variar!*

—Kathy, solo te estoy preguntando…

—¡A mí no me grites! ¡Que la sorda no soy yo!

Kathy se soltó del niño con brusquedad y se apostó a solas junto al fregadero, donde se agarró con fuerza al borde de formica mientras su cuerpo se crispaba.

Cary cruzó la cocina encharcada y se colocó a su lado.

—Kathy…

La niña apartó la cara cuando él intentó mirarla a los ojos. Tendió una mano, pero ella la alejó de un manotazo. Al verla llorar, Cary se sintió confundido. Que su hermana lo rechazara y se echara a llorar en silencio dejaba terriblemente claro que sus vidas se habían visto golpeadas por un suceso inmanejable.

Se volvió hacia los demás y habló con un hilo de voz, casi como si no creyese lo que estaba diciendo.

—Kathy está llorando.

A Sean no le dio pena.

—Déjala. ¡Tenemos que pensar en cómo nos deshacemos de ese coche!

Sean observó a Cary y a Patrick, que estaban peleándose delante de la nevera abierta. Furioso, corrió hacia la puerta.

—¿Adónde crees que vas ahora? —chilló Cary.

—¡A mi castillo! ¡Al menos ahí puedo pensar tranquilo!

Algo más tarde, las campanillas indias de la puerta tintinearon y sacaron de su letargo a Kathy, Cary y Patrick, que se encontraban en la cocina. Patrick se levantó de un salto y esquivó a Marti, que estaba jugando con una caja de cereales empapada.

—¡Voy!

Kathy le bloqueó el paso.

—Abro *yo.* —Una vez más volvía a estar al mando; se dirigió a grandes zancadas hacia el recibidor.

La niña abrió la puerta un resquicio y vio que se trataba del jardinero japonés.

—Tu hermano, el que pesca. ¿Está en casa?

Kathy señaló hacia la playa y le cerró la puerta al anciano en las narices.

Sean, con la impresión de que alguien lo observaba, se asomó por encima de la muralla de su castillo y se encontró con el jardinero japonés, que le tendía una caña de pescar a modo de invitación.

El jardinero y el niño recorrieron la blanda arena juntos hasta las rocas que se adentraban en el mar.

El anciano tendió su navaja a Sean y le señaló un prieto racimo de mejillones. Sean evitó una ola que rompía en ese momento antes de trepar a una gran roca. Hincó el cuchillo del jardinero entre los duros pedúnculos de unos percebes, efectuó un rápido corte en las barbas con las que los mejillones se agarraban a la roca, arrancó un racimo y regresó hasta donde estaba el pescador con un puñado de mejillones morados y negros. Cuando el niño le tendió la navaja para devolvérsela, el anciano indicó a Sean que se la quedara para abrir él mismo los moluscos. El niño encajó la hoja entre las dos valvas y empujó hasta el fondo. La criatura soltó espuma y, cuando Sean seccionó el músculo aductor, las valvas se abrieron, dejando expuesta la carne naranja con sus fibrosas entrañas. Recordó cómo el pescador había extraído la carne de la concha e hizo lo mismo para obtener la carnada. Tomó el anzuelo que le pasaba el anciano y ensartó el cebo doblándolo sobre sí en la punta. Tras comprobar que la carnada estaba bien enganchada al anzuelo, el jardinero entregó la caña a Sean.

Juntos, el anciano y el niño se adentraron chapoteando en la rompiente. El anciano señaló un punto situado justo a la izquierda de una roca enorme. Allí era donde Sean debía lanzar el anzuelo.

Ante el sol poniente, Sean y el anciano aguardaban juntos a que picara un pez invisible, una espera paciente, ajenos al tiempo y a los problemas mundanos. El niño se sentía bien e inusitadamente relajado. Al mirar de soslayo el impasible rostro surcado de arrugas del jardinero, Sean tuvo de pronto la impresión de que todavía había un hálito de esperanza. Quizá aquel anciano fuese su salvación. ¡*Él* podría llevarse el coche! Si Sean reunía el valor para contarle al hombre lo ocurrido, el anciano pescador por fuerza se mostraría comprensivo, por fuerza se prestaría a ayudarles. Sean se puso a pensar en cuál sería la mejor manera de hablarle a su amigo sobre la criada y el Jeta y todo lo que había sucedido en la casa de playa. Sí. Aquel anciano podía hacerse cargo de sus problemas, él *sí* podía tomar decisiones. Arrancó con una pregunta.

—¿Sabe conducir un coche viejo?

El semblante impasible del japonés mudó de repente, adoptó una expresión de sumo desconcierto, y el hombre respondió al niño con una risita azorada.

—Mi camioneta es vieja, ¿te refieres a eso?

—No —dijo Sean, con la impresión de que quizá era mejor empezar de nuevo—. Mi pregunta es que, si tuviera un coche viejo que ya no quisiera, y que tampoco quisiera nadie más, ¿qué haría para deshacerse de él?

El anciano se dio cuenta de que la insólita pregunta del niño encerraba alguna suerte de segunda intención. Era viejo y muy probablemente lo bastante perspicaz para saber que aquel niño tan callado trataba de decirle algo importante.

Mientras aguardaba a que el niño le contase algo más, mientras cavilaba sobre el significado de sus palabras, vio la punta de la caña temblar y arquearse ínfimamente. El niño no se dio cuenta y, ante su nula reacción, el anciano japonés volvió a asumir el rol de pescador. Arrebató la caña de las manos de Sean y dio un tirón para enganchar al pez.

—¡Han picado! —Le devolvió la caña a Sean, y el niño sintió cómo el pez se revolvía e intentaba escapar, pero el anzuelo de acero y el sedal de nailon se lo impedían—. Recógelo, ¡rápido! Sean enrolló el mojado sedal tan rápido como pudo. Se levantó una ola. Al romper y rodar sobre la orilla, el agua arrastró el pez clavado hasta los pies del niño. Sacó el sedal del agua y levantó una combativa pero pequeña mojarra azul. Sean sujetó el pez, que se retorcía en sus manos, y sintió al tacto las escamas mientras le desenganchaba el anzuelo de la boca. Contempló por un instante a la brillante criatura.

—¿Es demasiado pequeño?

El pescador hizo un gesto de asentimiento con la cabeza y Sean soltó el pez en una pequeña poza, donde aleteó frenéticamente en su búsqueda de aguas profundas. Llegó una ola, el pez halló agua suficiente para mover las aletas y la cola y se alejó nadando.

Un grito llegó hasta ellos por encima del estruendo de las olas. Sean vio a Kathy, que le hacía señales desde el patio para que volviese a casa. Miró de nuevo al hombre y fue consciente de que nunca iba a poder contarle lo sucedido. Devolvió la caña, le dio las gracias a su amigo y corrió hacia la casa.

Mientras Kathy conducía a Sean a la cocina, preguntó:

—¿Qué le has contado? —El niño no respondió, sino que se sentó en la mesa del desayuno y miró a Kathy, que por fin se decidió a hacer un anuncio—. Llevo dándole vueltas todo el día. Y solo podemos hacer una cosa. Tenemos que llevarnos el coche nosotros. —Cary y Patrick intercambiaron unos murmullos, pero la niña prosiguió—: Si salimos temprano, antes de que amanezca, no habrá coches en la carretera de la playa. No nos verá nadie. Podemos llevar el coche hasta los acantilados y tirarlo al mar. Ahí jamás podrán encontrarlos, ¡ni a él ni al coche!

Kathy se sentó. Contuvo la respiración mientras aguardaba la reacción de los demás.

—Pero ¿cómo pasamos delante del vigilante de la garita? —preguntó Patrick.

Kathy demostró que ya había pensado en eso.

—Habrá que salir a escondidas.

—¿A escondidas? —protestó Patrick.

La niña no dio pie a más comentarios.

—Podemos hacerlo. Muy de madrugada. Lo tengo todo calculado. Pondremos el despertador para que suene a las cuatro de la mañana.

Sean sabía que faltaba por plantear la pregunta más importante de todas. Vaciló en hacerlo él, y el silencio animó a Kathy a continuar hablando.

—Meteremos las bicis en el coche para la vuelta. ¿Lo veis? He pensado en todo.

Patrick se levantó de un salto.

—Yo me pido empujar el coche por el acantilado.

—No. Lo vamos a hacer por edades. De esto nos encargaremos los tres mayores. Tú te quedarás aquí cuidando de Marti.

Patrick abrió la boca en un gesto de absoluta incredulidad. Iba a ponerse a protestar cuando Kathy se lo impidió.

—O te quedas aquí con Marti o no vuelves a ver la tele… *¡jamás!*

El niño se quedó pasmado. Volvió a sentarse.

Sean tuvo la impresión de que era el momento de hablar, debía hacerlo.

—Solo hay una cosa que…

Kathy se lo quedó mirando con un prolongado gesto de interrogación, como si estuviera desafiando a su hermano a que le pusiera algún pero a su plan. El niño le devolvió la mirada a su hermana, consciente de que llegados a ese punto alguien tenía que plantarle cara. Habló tan bajo que los otros tuvieron que adelantarse para oír lo que decía.

—¿Cómo vamos a conducir ese trasto viejo?

—Lo haremos y punto, ya está. Y ahora, todos a la cama *inmediatamente* para que podamos levantarnos antes de que amanezca.

La niña tomó a Marti de la mano y lideró la salida de la cocina.

18

El radiodespertador de la mesilla de noche de Kathy saltó a las cuatro de la mañana. La niña abatió una mano sobre el interruptor y la música cesó. Apartó las sábanas, se embutió el bañador y la sudadera con cierto forcejeo y se acercó al saco de Sean sin hacer ruido.

Su hermano también había oído la música; salió culebreando del interior de su cálida cueva y se encajó los vaqueros recortados.

—No despiertes a Patrick y Marti —susurró Kathy mientras iba de puntillas hasta donde Cary yacía acurrucado en la maraña de su saco de dormir. Lo zarandeó hasta que Cary asomó la cabeza y la miró pestañeando. Aún medio dormido, el niño sacó un brazo y tanteó el suelo en busca de sus gafas, que había dejado precavidamente debajo de la cama de Kathy—. ¡Y ponte los zapatos!

Cary se vistió y, dando traspiés, siguió a su hermana y su hermano, que ya estaban bajando las escaleras a tientas.

Al llegar a la sala de la televisión, Kathy se detuvo para quitarse la llave del cuello y abrir las puertas. La niña y los dos chicos se adentraron en la oscuridad. Sus zapatillas de deporte aplastaron cristales contra el suelo.

Allí estaba: el cuerpo amortajado. Kathy pasó de puntillas entre la caja vacía del televisor y el cadáver cubierto para acceder a la ventana y abrir las cortinas.

—Voy a encender la luz —susurró Cary.

—¡No! —le advirtió la niña—. Podrían vernos.

Corrió las cortinas y miró por la ventana. El cielo estaba salpicado de estrellas, y la luna, que tardaba en ponerse, arrojaba una luz pálida pero suficiente para que los tres niños pudieran distinguir las rayas de la piel de cebra.

Kathy empujó a Cary hacia el cadáver.

—¡Venga, ve y sácale todas las llaves de los bolsillos!

El niño tragó saliva, pero se adelantó. Con cuidado de no destapar la cara del cadáver, levantó la piel de cebra y dejó al descubierto unos zapatos negros, unos pantalones negros y parte de la camisa amarillo claro.

Kathy señaló con un dedo.

—¡Mira en *todos* los bolsillos!

El niño negó con la cabeza y reculó.

Kathy lo apartó de un empujón.

—¡Ya lo hago yo!

Tras palpar un bolsillo primero y pasar por encima del cadáver para registrar el bolsillo del otro lado, la niña dio por fin con las llaves del Lincoln y del DeSoto.

—¡Y las del armero! —dijo Sean.

La niña cubrió nuevamente el cadáver.

—Ahora tenemos que colocarlo encima de la piel de cebra para poder sacarlo de aquí a rastras.

Sean se adelantó y entre él y Kathy voltearon el cadáver de un lado a otro sobre los cristales rotos hasta que estuvo completamente enrollado en la piel. Cary ayudó a agarrar la piel y arrastrar el bulto por delante del televisor y hacia las puertas. Para tirar del hombre muerto tuvieron que aunar todas sus fuerzas, pero poco a poco consiguieron cruzar con él las puertas persiana y llegar al recibidor.

—¿Por la cocina? —preguntó Sean resoplando, y la niña asintió con la cabeza.

Mientras avanzaban a golpes y tirones por el pasillo, Patrick y Marti aparecieron en lo alto de las escaleras. Patrick, que iba vestido y con los zapatos puestos, bajó los peldaños corriendo.

—¡Yo quiero ayudar!

Kathy, que iba a mandarlo directamente de vuelta a su dormitorio, se acordó de que quedaba algo por hacer.

—Está bien —dijo sin levantar la voz—. Sube y haz un repaso. Busca todo lo que él traía encima y llévalo al garaje. Lo más rápido que puedas. Marti, tú ayúdale. *¡Y daos prisa!*

Patrick y la pequeña regresaron a la planta de arriba a la carrera.

Los tres mayores pasaron por encima del papel mojado del suelo de la cocina con el cadáver a rastras, lo sacaron por la puerta de atrás y cruzaron el patio con él. En el garaje apoyaron al hombre muerto contra el parachoques cromado del Lincoln gris metalizado de su madre.

Kathy se apostó en la puerta y atisbó la oscura calle, donde a esa hora no había ni un alma. El único rastro de movimiento era el susurro de unos tallos de bambú en el patio del vecino. Se oía cantar a un grillo solitario.

En la acera opuesta de la calle aguardaba el coche herrumbroso.

La niña salió a la noche para echar una segunda ojeada a la calle y luego la cruzó corriendo y abrió el maletero del coche. Cary, Sean y Patrick trasladaron la ropa del Jeta y una bolsa de aseo y las arrojaron al interior, encima de una rueda de repuesto.

—Se te ha caído una camisa —urgió Kathy entre dientes. Luego, con la camisa a buen recaudo dentro del maletero, la niña contempló el espacio bajo el portón—. Vale. Hay sitio de sobra para él. Pero primero id a por las bicis. Irán detrás del asiento delantero.

Mientras Marti observaba la operación de pie en el garaje, los niños cogieron tres bicicletas, las llevaron rodando hasta el

DeSoto y las embutieron en el asiento de atrás. Esperaron la siguiente orden de Kathy.

—Ahora, a por él —dijo en voz baja.

Cuando tocó cargar con el cadáver desde el garaje hasta el viejo coche, Kathy dio gracias por que Patrick se hubiera ofrecido a ayudar. En un momento dado, la piel de cebra se resbaló de la cara del Jeta y los cuatro ahogaron un grito a la vez. Patrick recogió el cobertor, lo echó sobre el pelo negro y tiró de los hombros del muerto con todas sus fuerzas.

Una vez frente al parachoques trasero, hizo falta el esfuerzo de los cuatro para levantar el cadáver del asfalto medio metro y volcarlo dentro del enorme maletero.

Calle abajo ladró un perro. El bambú susurró en el viento seco del desierto al que los paisanos del sur de California llaman Santana.

Con sumo cuidado, de modo que ni un clic pudiese delatarlos en la oscuridad, Kathy bajó el portón y cerró el maletero. Se volvió hacia el mayor de los chicos.

—Bueno, Sean, supongo que ya habrás adivinado que te toca conducir a ti. —El niño la miró atónito—. Eres el único que puede deducir cómo hacerlo. —El tono era tan tajante, tan poderoso el razonamiento, que el niño no se atrevió a manifestar en voz alta lo incapaz que se sentía, el terror que le daba ponerse al volante—. Vamos. Tenemos que irnos.

Kathy le entregó las llaves al niño, que abrió la puerta del conductor y miró al interior.

—Venga —lo apremió Kathy.

Muy despacio, Sean subió al automóvil y ocupó el asiento del conductor. Asió el volante con las dos manos y probó a moverlo a un lado y a otro. Luego levantó la vista. Su cabeza apenas quedaba a ras de la parte superior del salpicadero. Ni estirándose al máximo conseguía ver más allá de la virgen de plástico, a través del parabrisas y por encima del largo capó. Se giró hacia Kathy, que estaba plantada en la calle, junto al lado del conductor.

—No alcanzo a ver por encima. Ni siquiera me llegan los pies a los pedales…

—¡Cary! —llamó Kathy—. ¡Tráeme la caja esa del garaje! —Se volvió de nuevo hacia Sean—. Esta es su llave. Intenta arrancarlo.

Antes de introducir la llave en el contacto, Sean inspeccionó los instrumentos de la columna de dirección y el salpicadero. Primero buscó la palanca o el botón que haría avanzar el coche. Vio que la palanca de cambio era igual que la del coche de su madre. Tenía prácticamente las mismas posiciones: P, R, N, D y L.

—Para ir hacia delante, hay que poner la palanca aquí, en la D de *drive* —dijo Kathy.

—¡Ya lo sé! —la interrumpió él.

También sabía que los pedales del acelerador y del freno estaban uno al lado del otro. Estiró las zapatillas deportivas hacia abajo y pisó varias veces el acelerador, como había visto hacer a su padre cuando arrancaba un coche. El otro pedal, el freno, se hundió unos cinco centímetros y se quedó duro. Sean pensó que esa debía de ser la sensación que producía pisar un freno. Los faros se encendieron a la primera, y se apresuró a apagarlos.

—Prueba la llave —le urgió Kathy.

Sean no tuvo dificultad en dar con el bombín de arranque, y puesto que de la cadena del Jeta solo pendían dos llaves, insertó rápidamente la que encajaba en la ranura. Sean hizo girar la llave muy despacio. El viejo motor tosió y patinó con un estrepitoso tableteo. El niño soltó la llave como si acabase de sufrir una descarga eléctrica. Tragó saliva y se volvió a mirar a Kathy.

—Bien —dijo la niña.

A Sean le hubiese gustado estar tan seguro como ella. Pero, al fin y al cabo, había descubierto cómo arrancar el coche. Ahora, si el viejo motor enganchase y arrancase del todo…

Cary y Patrick se acercaron corriendo con un estrecho cajón de madera. Kathy indicó a Sean que se levantara y plantó la caja en el asiento del conductor. Colocó un cojín encima de la madera.

—Prueba ahora.

Sentado en la caja, Sean podía asir el volante y ver la carretera por encima del capó, pero sus pies colgaban unos centímetros por encima de los pedales.

—Ahora veo —dijo—, pero no alcanzo ni el acelerador ni el freno.

Kathy bajó la vista a los pedales y sopesó el problema.

—Haremos esto: yo me siento a tu lado y me encargo de pisar el freno y el acelerador. Una vez estemos en marcha, solo tendrás que encargarte del volante.

Sean lo agarró con firmeza.

La niña se subió por la puerta del acompañante para sentarse junto al conductor.

—Solo tienes que avisarme con tiempo cuando haya que frenar.

Sean respiraba trémula y profundamente. Su hermana se volvió hacia Cary.

—Tú siéntate detrás y vigila si aparece la policía. —El niño gordo, a base de mucho retorcerse entre los chasis de las bicicletas, se abrió un hueco para encajar las piernas. Kathy miró de reojo a Sean, escrutando su rostro sudoroso—. ¿Estás listo?

Sean tragó saliva y extendió la mano hacia las llaves.

Patrick y Marti estaban de pie en la calle, pegados al lado del coche que ocupaba Kathy. El niño no preguntó, suplicó:

—¿De verdad que no puedo ir? *¡Por favor!*

Kathy se tomó tiempo para razonar con él de manera comprensiva, porque sabía que el niño respondería positivamente siempre que lo tratase de igual a igual, siempre que no convirtiese el asunto en una lucha de voluntades.

—No, Patrick. Debes quedarte aquí. —Le tendió las llaves—. Te diré por qué. Tienes que abrir el maletero del coche de madre y llevar a casa todo lo que él robó. Pon cada cosa en su sitio, *justo* donde estaba.

El niño cogió las llaves.

—Para que nadie sepa jamás que ha estado aquí. ¿Crees que podrás hacerlo?

Patrick asintió con la cabeza.

—¡Y no dejes que nadie entre en la casa!

El niño se dio cuenta de la relevancia de lo que le decía su hermana y respondió afirmativamente, tal y como ella había previsto, más al tono de voz que al motivo de la orden. Muy despacio, sin despegar los ojos del coche ni por un instante, apartó a Marti del vehículo mientras cruzaban la calle paso a paso, retrocediendo hacia el garaje.

En el descapotable, Sean le dijo a Kathy que pisara el acelerador unas cuantas veces más, para bombear la gasolina. Mientras la niña pisaba con fuerza, el niño hizo girar la llave. El viejo motor patinó y patinó hasta que al menos cinco o seis de los ocho cilindros prendieron y el motor arrancó petardeando. Kathy pisó el pedal a fondo, acelerando el motor. Sean le gritó que levantase el pie, y el motor bajó de revoluciones hasta quedar en un bronco ralentí.

Sean contuvo la respiración, asió la palanca de cambio y la colocó en la posición D. El viejo DeSoto avanzó con un brusco trompicón y se caló. El siguiente intento produjo mejor resultado. Kathy pisó el acelerador más despacio y el coche avanzó dando leves tirones. El niño practicó moviendo el volante y fue dibujando leves giros con el coche de un lado a otro de la calle. En uno de ellos, calculó mal y derribó varios cubos de basura con gran estrépito. Al otro lado de una valla, dos perros se pusieron a ladrar furiosos. Kathy pisó un poco más a fondo el pedal y el viejo DeSoto se sacudió, dio un trompicón y empezó a rodar a mayor velocidad.

En el garaje, Patrick usó las llaves para abrir el maletero del coche de su madre. Los ceniceros de plata, el maletín portacámaras y las botellas de licor destellaron. Las escopetas estaban envueltas en una manta.

—Tienes que ayudarme, Marti —le dijo a la desconcertada niña al mismo tiempo que le tendía un cenicero—. ¡Tenemos que meter todo esto en casa antes de que vuelvan!

Como impulsado por la fuerza de voluntad de Sean, el DeSoto avanzaba, de eso no había ninguna duda.

—¡Tuerce por aquí! —gritó Cary desde el asiento trasero.

Sean giró el volante, y el enorme coche dobló pesadamente la esquina, dibujando un enorme arco. La garita, con una única luz que arrojaba un débil resplandor sobre la calle, quedaba un poco más adelante. Sean le susurró a Kathy que levantara el pie del acelerador. La niña obedeció al instante y el coche se deslizó sin hacer ruido por delante del adormecido vigilante.

Superada la garita, Sean volvió a girar el volante para dirigir el coche hacia la izquierda e incorporarse a la vieja autovía costera de dos carriles. Empezaba a tomarle el tacto al volante del enorme automóvil, y se enderezó en lo alto de su pedestal, respiró hondo y echó los hombros hacia atrás.

—Acelera, Kathy.

El tono del niño denotaba una seguridad que inquietó levemente a su hermana y a su hermano, y ambos se fijaron enseguida en el velocímetro, que marcaba su avance por la carretera a cuarenta kilómetros por hora.

En su lento y pesado avance, el DeSoto fue dejando atrás modestas casas de playa y despoblados tramos de arena donde rompían las olas. Cary contuvo el aliento cuando Sean se incorporó desde la carretera secundaria a la vasta Autopista del Pacífico, en dirección norte, cuatro carriles de hormigón que a esa hora de la mañana se hallaban totalmente desiertos. El flujo de tráfico de entrada a la ciudad comenzaría en dos horas. De momento, los únicos faros con los que se cruzaron fueron los de una camioneta diésel que pasó de largo con gran estruendo, dejando en el aire una apestosa nube de humo. Con la autopista vacía ante ellos, Sean volvió a ordenar a Kathy que pisara el pedal para ganar velocidad. Alcanzados los noventa kilómetros por hora, una fuerte vibración casi hizo que el niño perdiese el control del volante. Le gritó a la niña que frenase, y ella pisó el pedal tan a fondo que el coche patinó y empezó a derrapar hacia el océano.

Sean intentó corregir el viraje del coche y, de una patada, apartó el pie de Kathy del freno y el acelerador. La niña no opuso resistencia al conductor, y una vez se reincorporaron a la autopista, ninguno de los tres dijo nada cuando ella relajó el pie sobre el pedal en su traqueteante discurrir de madrugada a lo largo de la costa.

Sean iba muy atento buscando el desvío a los acantilados, la pista de tierra próxima a la estación de bomberos del condado. Disminuyó la velocidad y escudriñó con cuidado, porque si se saltaba la salida no estaba seguro de si sería capaz de conducir el coche marcha atrás o de cambiar de sentido en medio de la autopista.

—¡Ahí está! —exclamó Cary, y un instante después Sean enfilaba el chirriante descapotable por la carretera que conducía hacia el mar.

Para entonces, el cielo empezaba a clarear lo bastante para que Sean pudiese seguir la sinuosa pista de tierra, y condujo el coche con cuidado hacia el cabo que marcaba el extremo norte de la vasta bahía de Santa Mónica.

El DeSoto cruzó tableteando y rechinando el pequeño descampado que separaba la pista del final del terreno. Antes de llegar al acantilado, Sean ordenó frenar, y Kathy pisó tan a fondo que el viejo coche se detuvo casi en seco con una sacudida. Con ayuda de la niña, Sean consiguió frenar del todo el automóvil, giró la llave en el contacto y el motor se apagó.

Los tres permanecieron sentados en silencio un largo rato mientras el viento seco del desierto soplaba desde el cielo anaranjado del alba hacia el mar. Sean relajó las manos y soltó el volante. Le dolían los dedos, agarrotados por la tensión, y se alivió frotándose las manos. En los rastrojos que rodeaban el coche se desgañitaba un coro de grillos.

Sean extrajo la llave del contacto y echó el freno de mano. Los tres se apearon del coche, caminaron hasta el final del descampado, se detuvieron y se asomaron por el borde. Muy abajo, las olas rompían y espumeaban sobre la orilla pedregosa, y el sonido del entrechocar de las piedras compartía el tranquilo amanecer con los grillos.

Kathy se había dado la vuelta y contemplaba el coche.

—Lo bueno es que es cuesta abajo, así que rodará solo hasta el final.

Sean asintió con la cabeza. Hizo tintinear las llaves del coche y las arrojó más allá del acantilado, y los tres las observaron caer y desaparecer en el agua, tan abajo.

Cary fue el primero que rompió la hipnótica fascinación que provocaba contemplar las olas y las piedras en movimiento.

—Deberíamos sacar las bicis —dijo.

Los niños tumbaron las bicicletas sobre los rastrojos. Kathy miró el resplandor anaranjado que empezaba a teñir el cielo por encima de las montañas de la sierra costera.

—Hay que darse prisa. Ya casi es de día.

Kathy y Cary se apostaron detrás del DeSoto mientras Sean se asomaba al interior para soltar el freno. El niño se apeó de un salto y corrió a apoyar las manos, junto a las de su hermano y su hermana, sobre el polvoriento portón del maletero. Los tres empujaron. El coche permaneció clavado en el sitio.

—Más fuerte —urgió Kathy, y a la de tres empujaron a la vez con todas sus fuerzas.

Aun así, no tuvieron la impresión de que nada se moviera, el coche no había avanzado ni un milímetro. Entonces Sean se acordó de que había dejado la palanca de cambio en la posición P de aparcamiento.

El niño trepó nuevamente al asiento del conductor y desde allí cambió la palanca a la posición N de punto muerto. Sin que su hermano o su hermana le dieran siquiera un empujón, Sean notó que el coche se deslizaba hacia delante. Luego empezó a rodar, y los dos niños apostados donde el maletero se lanzaron contra la carrocería en movimiento para darle mayor impulso. Sean se deslizó sobre el asiento hasta la puerta y se preparó para saltar del vehículo, que avanzaba muy despacio. Algo lo agarró, sujetándolo. El niño empezó a sacudirse y a dar tirones: la manga de la camisa se había enganchado en la manija interior de la puerta.

Mientras el coche se bamboleaba descampado a través hacia el borde del acantilado, Sean daba frenéticos tirones a la manga. La tela no cedía. A la desesperada, el niño hizo saltar los botones de los ojales; la camisa se abrió, se rasgó, y el niño se lanzó de cabeza desde la puerta al suelo, donde aterrizó rodando sobre la hierba seca. Se incorporó de rodillas a tiempo de ver cómo el DeSoto se deslizaba cada vez más deprisa y sin control pendiente abajo. Se levantó de un salto y, con su hermano y su hermana, echó a correr hacia el acantilado a la vez que el coche, en absoluto silencio, rebasaba el borde y caía al vacío. Los tres se detuvieron a una distancia prudencial del acantilado, a tiempo de ver el coche surcar el aire y caer trazando un arco, como a cámara lenta, antes de estrellarse contra el agua. El mar se cerró por encima del automóvil antes de que el sonido de la zambullida llegase a lo alto del acantilado.

Solo el golpeo de las olas y el entrechocar de las piedras, allá abajo, quebraban el silencio del amanecer.

Kathy se apartó unos mechones de pelo que el viento le arremolinaba delante de la cara para mirar a sus hermanos y vio que estaban sonriendo. Por la forma en que ambos miraban a su hermana, supo, para su sorpresa, que ella también sonreía, y los tres se echaron a reír. Con aullidos de júbilo, Kathy y Cary abrazaron a Sean y, mientras le palmeaban la espalda, dieron rienda suelta a su alivio y entusiasmo entre risas y chillidos.

—¡Toma ya, Sean! ¡Lo conseguiste!

El niño se tropezó bajo el peso de los otros dos y el trío se desplomó sobre los secos rastrojos, donde estuvieron revolcándose de risa hasta que se les saltaron las lágrimas.

Calmadas las risas, se separaron y quedaron tumbados bocarriba, cada uno sumido en sus pensamientos, mirando al cielo despejado que empezaba a clarear en lo alto. Sean dio media vuelta para colocarse bocabajo y contemplar el horizonte, más allá del acantilado. Las dos oscuras montañas de Isla Catalina se erguían borrosas entre la neblina parduzca proveniente de la ciudad. La fina voluta de humo de un buque se disolvió en la franja de contaminación. Sean, su hermana y su hermano siguieron tendidos unos minutos, muy quietos, hasta que se les normalizó el pulso y recuperaron el aliento.

—Tengo sed —dijo Cary.

Kathy y Sean no hicieron caso a su rollizo hermano y siguieron mirando por encima del acantilado hacia el mar.

Sean se levantó de entre los secos matojos, caminó hasta el borde y miró hacia abajo, a la rutilante extensión del océano. Nada en la superficie azul plomizo del mar apuntaba a que bajo ella yaciese un coche. El niño tomó una larga y profunda bocanada de aire y abrió la bragueta de sus pantalones cortos para orinar por el borde. El chorro amarillo que brotó formando un arco se disipó en la nada antes de alcanzar el agua. El niño se subió la cremallera de los vaqueros, dio la espalda al acantilado y corrió a apremiar a los otros.

Los tres fueron corriendo hasta sus bicicletas y echaron a rodar por el descampado. El viento caliente del desierto, que soplaba por los angostos cañones de las montañas, azotaba sus ropas contra la piel desnuda de brazos y piernas y le arremolinaba a Kathy el pelo delante de los ojos.

19

Los tres pasaron bajo un semáforo en rojo a toda velocidad con un grito de júbilo. Al aproximarse a la garita, enmudecieron con una inquietud compartida. ¿Los pararía el vigilante? ¿Les preguntaría qué hacían los tres montando en bicicleta tan temprano? Sean señaló a la garita, donde la luz seguía encendida. Esbozó una amplia sonrisa. El guarda que los había abordado para preguntarles por el coche del Jeta justo empezaba su turno y estaba colocando la tartera sobre la mesa a la vez que el otro vigilante se acomodaba al volante de un coche, disponiéndose a marcharse.

—Está entrando el Santana —le dijo al otro guarda levantando la voz—, prepárate para pasar calor.

Los dos hombres estudiaron el cielo rojizo por encima de las montañas y no repararon en los tres pequeños cuando franquearon la entrada rápidamente montados en sus bicicletas.

Los ciclistas no mediaron palabra hasta que doblaron la esquina y tomaron la calle particular, donde cerraron filas y se colocaron uno al lado del otro.

—No nos ha visto —dijo Cary.

—¿Y qué si nos ve? —Kathy convirtió su respuesta en una osada provocación.

Sean lanzó una mirada a su hermana. Cuando él sonrió de oreja a oreja, la niña supo que no le engañaba haciéndose la valiente ahora que ya estaban a salvo junto a la verja de casa. Sean emitió una carcajada. Kathy soltó una risita. Cary chilló de júbilo. Las risotadas se tornaron salvajes, histéricas hasta tal punto que perdieron el equilibrio y chocaron entre ellos. La bicicleta de Cary se salió de la calle haciendo eses y volcó entre los hierbajos secos de un solar vacío, dejando al niño tirado en el suelo riendo sin parar.

Los primeros rayos del sol iluminaban la cocina con una pálida luz dorada. Patrick y Marti estaban dormidos sobre los cojines tapizados de los bancos del rincón del desayuno.

—Voy a preparar tortitas —canturreó Kathy a la vez que cruzaba bailando por encima de los papeles del suelo, tratando de no pisar las zonas pringosas—. ¡Cientos de miles de millones de tortitas porque en mi vida he tenido tanta hambre!

—¡Y yo! —chilló Cary—. ¡Voy a sacar el preparado del armario!

El niño se encaramó prácticamente de un salto a la encimera de formica, desde donde abrió de golpe una puerta y se puso a sacudir los paquetes que había en un estante.

—Me pido darles la vuelta a las tortitas —dijo Sean.

—Puedes darles la vuelta a las *tuyas* —replicó Kathy.

—¡Y yo me pido dársela a las mías! —gritó Cary, que dejó caer el paquete del preparado con un golpe sordo y una nube de polvo.

Sean se dirigió al hermano que estaba sobre la encimera.

—Coge el sirope. ¡Todo el que haya!

Llegado este momento, Patrick y Marti se levantaron de los bancos del rincón del desayuno y se quedaron en medio de la cocina, frotándose los ojos y observando a sus felices hermanos sacando cuencos y batidora, sartenes y sirope.

—¡Y mantequilla! —dijo Sean—. ¡Necesitamos montones de mantequilla!

El repentino timbrazo del teléfono, a una hora tan temprana, hizo que los cinco se quedaran petrificados. Cuatro miraron al escandaloso aparato.

—¿Quién llamará tan temprano? —preguntó Sean.

Kathy fue a responder y, antes de descolgar, dijo:

—¡Seguro que es una conferencia!

—¿Desde Italia?

La niña escuchó con atención y tapó el auricular con una mano.

—De Nueva York.

Mientras escuchaba, los otros contemplaban cómo se mordisqueaba los labios cortados, presa del pánico.

—¿Son Paula y papá? —preguntó Sean muy confundido.

—¿Están en Nueva York? —inquirió Cary extrañado.

Marti se puso a gritar, pidiendo hablar con su padre.

—¡Pero se supone que no llegaban a Nueva York hasta dentro de una semana! —exclamó Sean.

Kathy tapó el auricular y se puso a hacer desesperados aspavientos, indicándole a Cary que silenciase a Marti. Al señalar a la pequeña gritona como un problema solo consiguió que la niña chillara aún más.

—¡Llévatela fuera! ¡Ya!

Mientras esperaba a que el niño sacara a rastras a la pequeña furia al sol, se explicó:

—Mamá dice que se han tenido que volver de Italia por la lluvia. Que han tenido que interrumpir el rodaje. —Con un gesto, le pidió a Cary que cerrase la puerta antes de retomar la conversación con sus padres—. Seguro. Va todo perfecto. En serio. Menos por una cosa. —Hizo una pausa—. Aguacates. Se ha ido esta mañana. No es broma, mamá. Porque estaba embarazada. Bueno, eso piensa Marlice. Dice que lo sabe solo con mirarlas. Su marido trabajaba de camarero en el Marlin. Se han ido en su coche esta mañana. Seguro. Ya te lo he dicho, estamos bien. —La niña cubrió el aparato y se dirigió a sus hermanos con un susurro—: El avión llega a las seis y media. De hoy. Sí. ¡*Esta tarde!* —Volvió a atender la llamada—. Podemos estar sin ella, no te preocupes. Solo es un día. Sí, estoy segura. No hace falta que llames. Le diré a la madre de Marlice que quieres que nos eche un ojo. —Frunció los labios, lanzó un beso al auricular y colgó.

Los cuatro se reunieron en el soleado rincón del desayuno. Afuera, en el porche, Marti sollozaba sentada en los escalones, donde Cary la había exiliado.

—Del aeropuerto hasta aquí solo se tarda una hora —dijo Kathy.

Patrick le plantó a Cary su reloj de pulsera en las narices.

—Cuando la aguja pequeña llegue aquí y la grande esté aquí, estarán en casa. —El niño señaló las siete y media.

Los cuatro se quedaron sentados en silencio mientras Cary se acercaba a la encimera, donde se hizo con una tortita fría, la dobló por la mitad y se la metió en la boca.

—¡Ya veréis cuando vean la casa!

Las finas manos de Kathy se hundieron en su largo cabello con dedos como garras.

Cary, con la boca llena de tortita, farfulló:

—A lo mejor podríamos intentar limpiarla.

—Eso, podríamos intentarlo —dijo Sean esperanzado.

—No lo conseguiríamos jamás —dijo Kathy.

—Y, entonces, ¿qué hacemos? —preguntó Patrick.

El timbrazo del teléfono volvió a interrumpir su conversación. Kathy anunció que era Nevins, a la que Paula había despertado con una llamada desde Nueva York. ¿Era cierto que la criada se había largado por las buenas? Si era verdad, salía para allá de inmediato para ocuparse de los niños hasta que llegaran sus padres.

En la hora que tardó Nevins en acercarse en coche desde Beverly Hills, los niños intentaron adecentar la casa sin demasiado entusiasmo, pero, como Kathy había predicho, la tarea demostró ser imposible.

Durante un buen rato, la mujer no dijo nada, plantada entre la basura, la comida estropeada y las pringosas salpicaduras de refresco. Cuando habló, la inglesa apenas consiguió farfullar una imprecación:

—¡La muy cerda! ¡Ella y el cabrón de su novio, los muy cerdos asquerosos!…

Nevins marchó a grandes zancadas por todas las habitaciones, inspeccionando el cataclismo.

Cuando llegó delante de las puertas persiana, Kathy sacó la llave.

—La he dejado cerrada por los cristales.

—¿Qué cristales?

—De cuando Cary rompió la tele. Fue sin querer. Estaban luchando y le dio un golpe con el atizador.

La secretaria se instaló en la sala de la televisión y empezó a marcar números de teléfono a diestro y siniestro. En un tono de voz claro y cortante despachó órdenes que harían acudir a los reparadores de televisores, al personal de limpieza profesional, a un carpintero para arreglar la ventana de la cocina…

Cuando Nevins colgó definitivamente el teléfono, se llevó a Kathy a un lado.

—Todo arreglado. Los limpiadores llegarán a mediodía y los del televisor ya vienen para acá. Ahora solo me queda acercarme en un momento al súper y hacer la compra. Quiero que tú y tus hermanos os pongáis ya mismo a limpiar vuestros dormitorios. ¡Y que nadie salga de esta casa!

Patrick esperó a que se marchara antes de estallar.

—¡No ha preguntado nada sobre ella!

—¡Y vienen los de la tele! —exclamó Cary.

—¿De verdad la van a arreglar? —preguntó Marti.

—Ya la has oído, ¿no? Los ha obligado a prometer que lo harían.

—Los hombros de Kathy se sacudieron y la niña se echó a reír. Durante un momento, los cuatro niños compartieron su regocijo.

Mientras Nevins estaba en el supermercado, los niños iban y venían inquietos por la casa. Marti quiso saber cuándo llegaban los reparadores, y Kathy, llevada por la frustración, llamó al servicio técnico, donde la informaron de que la furgoneta estaba de camino. Se hallaba aguardando en la puerta cuando los dos hombres vestidos con sendos monos azules abrieron de golpe la verja de atrás.

—¿Dónde está? —preguntó un hombre con gafas y un bronceado digno de un socorrista. Su ayudante, un chico de instituto contratado durante las vacaciones de verano, le seguía.

—Por aquí. —Dándose aires, Kathy condujo a los dos hombres al interior de la sala de la televisión.

—Necesitamos que la arreglen de inmediato —gritó Patrick.

—¡Ahora! —exigió Cary.

Kathy preguntó:

—La pueden arreglar en una hora, ¿verdad que sí?

—Quizá para última hora de la tarde —contestó el hombre—. Pero solo quizá.

—¿Tan tarde? —se quejó Patrick.

—Pero para la hora de la cena seguro que está, ¿verdad? —dijo Kathy, regateando unas horas preciosas.

—Lo que digo. Debería estar lista para entonces.

El pie del adolescente apartó un trozo de cristal. Se atusó la barba incipiente.

—A esto lo llamo yo estar enganchado…

Kathy insistió.

—Tiene que estar arreglada para la hora de cenar, *sí o sí.*

—Está bien.

—¿Prometido? —La niña miró al hombre, que empezó a rascarse la bronceada nuca—. ¡Promételo!

—¡He dicho que está bien!

—Di que lo prometes.

El hombre mayor se volvió hacia su ayudante, que seguía atusándose la barba y sonreía de oreja a oreja. Para minimizar su compromiso, el hombre se encogió de hombros.

—Lo prometo.

Un suspiro de alivio brotó de los cinco.

—Ahora son las diez en punto —dijo Patrick consultando su reloj—. Si a las cinco ya estará arreglada, ¿cuántas horas son? —Se volvió hacia Sean.

—Siete horas —dijo Sean.

—Siete horas más. —Fue Cary el que refunfuñó.

El hombre bronceado se colocó a un lado del mueble del televisor.

—Hal, tú coge por el otro lado.

—¡No! —gritó Marti con zozobra.

La voz de Kathy sonó repentinamente débil, suplicante y contenida, evidenciando su derrota.

—¿No la pueden arreglar aquí mismo?

Las protestas de Marti ganaron intensidad, tornándose en chillidos muy agudos.

—¡No! ¡No! *¡No! ¡No! ¡No!*

—Tenemos que llevárnosla a la tienda para realizar la reparación.

—¡No! —Patrick agarró a su hermana del brazo—. ¡No podemos dejar que se la lleven!

Los dos reparadores encajaron sus grandes manos bajo el chasis y levantaron el aparato de la moqueta.

—¡No! ¡No! ¡No! ¡No! ¡No! —Los puños de Marti golpearon la espalda del adolescente.

—¡Dile que pare! —le pidió el ayudante a Kathy con un aullido.

Sean agarró a su hermana pequeña, pero ella se soltó. Su furia desató un berrinche de lloros y sollozos que sofocaron sus chillidos. El niño la levantó del suelo y, a pesar de sus pataleos, la apartó del camino de los reparadores.

Kathy, Cary y Patrick siguieron a los reparadores hasta la verja y no apartaron los ojos del televisor hasta que el aparato fue introducido en el interior de la furgoneta y la puerta se cerró tras él.

Nevins entró como una exhalación en la casa y con un par de palmadas ordenó a los niños que salieran y se acercasen a su coche. En pocos segundos los tenía a todos cargando bolsas de la compra desde la calle hasta las encimeras de la cocina, que se encargó de despejar.

Como era de esperar en una eficiente organizadora como ella, la inglesa no dio tiempo a que los cinco pequeños se quejaran, y se juró a sí misma que no iba a mortificarse por el deplorable estado en el que se encontraba la casa de su cliente. Pero a medida que pasaba revista por las habitaciones, su resentimiento e invectivas contra la criada fueron en aumento.

—Sucia sudaca —dijo—. Mira que largarse, la cerda sudaca de mierda.

Intentó usar el cuarto de baño de la planta baja.

—Esto es el colmo. ¡La muy guarra se carga el retrete y se larga con su asqueroso novio sudaca de mierda!

Nevins telefoneó a la oficina para informar, para asombro de los niños, de que en la casa de playa iba todo a las mil maravillas. Se encendió un cigarrillo en la cocina y contempló las cortinas del rincón del desayuno, que seguían allí colgadas, astrosas, chamuscadas y hechas jirones.

—Estas no pueden quedarse así, hay que hacer algo con ellas.

Aplastó el cigarrillo, agarró la tela chamuscada y la arrancó del riel. Rescató un par de cortinas intactas para que le sirvieran de patrón y les dijo a los niños que se iba volando a encargar que le confeccionaran unas nuevas.

—¡Y nadie pone un pie fuera de esta casa! —espetó de manera amenazadora a la vez que salía de la casa a toda prisa.

—Jo, está histérica —dijo Cary.

—Sabe que Marty le echará la culpa de que la casa esté hecha una ruina —dijo Kathy—. Y lo hará, desde luego. A no ser que...

—A no ser que... ¿qué?

—A no ser que lo arregle todo antes de que vuelvan.

—¿Y crees que será capaz? —preguntó Sean.

Cary se rio por lo bajo, con tono burlón.

—Es una auténtica Mary Poppins.

20

A mediodía, los limpiadores llegaron en su ranchera, con es-caleras en la baca del techo. Nevins urgió a los tres hombres negros y a las dos mujeres negras a que se dieran prisa.

—Hay mucho que hacer, muchísimo, y tiene que quedar todo listo antes de las seis y media.

Ninguno de los cinco limpiadores movió un dedo. Se quedaron sentados dentro de la ranchera, que en ese momento era un horno, con la radio a todo volumen. Sin hacer caso a la mujer blanca, embutían lonchas de mortadela y queso entre rebanadas de pan de molde y bebían Doctor Pepper.

A la una en punto, la radió se apagó de golpe y los limpiadores acarrearon cubos y fregonas, escobas y mopas, aspiradoras, una lavamoquetas y una enceradora eléctricas desde la furgoneta, por el paseo de entrada y hasta el interior de la casa. Si la casa de playa se le antojó a alguno de los extraños más sucia o *más desastrada* que cualquier otra que habían limpiado, los niños no se lo oyeron comentar. Una joven con unos pendientes muy brillantes y una camiseta demasiado pequeña iba por la casa con un transistor que emitía rock and roll a todo volumen a la vez que se abrían puertas y ventanas.

Desde el recibidor, Kathy observó a un hombre de elevada estatura que cruzó a oscuras la sala de la televisión, descorrió las cortinas y abrió la puerta corredera de cristal, inundando la habitación de sol y de un achicharrante soplo de viento seco.

Una mujer flaca, prácticamente calva, de piel casi azul de tan negra y con una voz sorprendentemente grave y rasposa, le dio unos golpecitos a la niña en el hombro y le dijo que le pidiera a sus hermanos y a esa hermanita suya que le llevaran toda la ropa sucia —«hasta el último botón»— al cuarto de la colada.

La casa se convirtió en un hervidero de vida, una agitación que los niños captaron y adoptaron mientras cargaban con montones de sábanas y toallas y ropa sucia desde los dormitorios y los cuartos de baño. Al bajar las escaleras, niños y niñas esquivaban a los limpiadores que subían.

Los cinco merodeaban de habitación en habitación, observando a la lavandera, a las barrenderas, a los limpiacristales y al hombre que acudió a la llamada de Nevins para reparar el cristal roto. Marti fue la primera en mostrar cierta inquietud en este deambular. Ella y sus hermanos intercambiaron miradas nerviosas. Cada mirada preguntaba al otro si compartía la misma sensación. La casa de playa ya no era su hogar. Estos forasteros negros trabajaban a marchas forzadas para cambiar su mundo, ordenando el caos, destruyendo la oscura y abarrotada intimidad que los había cobijado.

El abrasador Santana que entraba soplando por puertas y ventanas arrastraba consigo un fuerte olor a productos de limpieza y desinfección que irritaba los ojos y hacía que las narices se arrugaran de asco. Las aspiradoras y lavamoquetas runruneaban. Las llamadas de los empleados pidiéndose a gritos que uno le acercase a otro la escalera o un cubo ahogaban el rock and roll de la radio.

No había forma de evadir aquella impresión, la sensación, la certeza de que su casa se estaba convirtiendo en una concha vacía.

—¡A ver, venid todos aquí un momento, que quiero hablar con vosotros! —Nevins detuvo a los niños a la vez que entraba en la casa a toda prisa con un cargamento de cortinas.

Su tono de voz hizo que Kathy tragase saliva. La niña estaba convencida de que había llegado el momento en el que la secretaria iba a empezar a hacerles preguntas. Kathy estaba preparada, había estado ensayando las respuestas, todos los detalles sobre la partida de la criada. Levantó la vista y miró a la mujer, estaba lista.

Nevins dejó las cortinas, reunió a los niños en torno a ella y los examinó como haría una maestra.

—Vale. Antes de que lleguen a casa papá y mamá, quiero que os deis *todos* un buen baño y que os pongáis ropa *limpia*. ¿Estamos?

Nevins los miró uno a uno para asegurarse de que lo habían entendido. Kathy contestó en nombre de todos.

—Me encargaré de que lo hagan.

—Genial. Pues hala. Id a jugar.

En el castillo, Sean salpicaba agua de mar sobre la arena, que estaba seca y se desmoronaba. El viento había agostado el castillo, que ya no se veía de color gris húmedo sino blanco seco. Granos de arena se deslizaban por los muros, pedazos enteros se desgajaban y se resbalaban hasta el patio de armas y el foso.

—Nosotros te ayudamos —gritó Patrick.

—No servirá de nada —dijo Cary—. Acabará secándose y el viento se llevará la arena.

—Ve a por más agua —dijo Kathy.

Sin demasiado entusiasmo, el niño gordo recorrió la arena hasta la orilla y llenó el cubo. Patrick ya había vuelto corriendo con otro lleno de agua, que había ido derramando a cada paso.

—¿Sabes por qué quiere salvarlo? Para que lo vean papá y Paula.

Marlice y Ladybug se acercaron caminando muy despacio por la playa de arena blanca, y la niña se detuvo para sujetar al perro a una distancia prudencial del castillo hasta que Kathy levantó la vista y le hizo una señal con la mano para que se acercase.

Afectando una gran indiferencia, Marlice avanzó pateando con sus pies desnudos la ardiente arena y se apostó con aire apático fuera de las murallas. Después de pasar un largo rato mirando, manifestó:

—Se va a derrumbar entero.

Si Sean escuchó a la niña, no exteriorizó temor alguno ante su funesto augurio. Cary abandonó sus desganados viajes en busca de agua y echó a caminar hacia la casa. Pasados apenas unos minutos, volvió con un gigantesco clip dorado del escritorio de Marty Moss.

Mientras los otros seguían salpicando y vertiendo agua sobre la arena seca, Cary dobló el clip. Cuando el niño lo alzó para exhibirlo, los demás vieron al instante que se trataba de una antena dorada de televisión.

—¿Qué os parece?

—¡Para lo alto de la torre! —gritó Kathy.

—¡Qué chula! —exclamó Patrick.

Incluso Marlice se permitió esbozar una sonrisa.

Sean negó con la cabeza.

—¿Por qué no? —inquirió Cary.

—No la quiero en lo alto de mi torre —dijo Sean.

—Debería ir encima de la torre —anunció Kathy—. Arriba del todo. Como la estrella en el árbol de Navidad.

—*¡He dicho que no!*

Kathy se puso de pie.

—Vale. Pues lo votamos. Todos los que estén a favor de que la antena de televisión de Cary vaya en lo alto de…

—*¡Es mi castillo, así que no se vota!*

La voz del niño sonó tan fría y su rostro se mostró tan inflexible ante los cinco que Kathy enmudeció y se encogió de hombros para restarle importancia a su derrota. Sean volvió a su castillo y Kathy hizo un gesto a los demás: debían esperar con la antena.

Al cabo de un rato, mientras Sean reparaba la torre, Cary le dio un codazo a Kathy para que mirase al afanoso constructor. La niña asintió con la cabeza. El niño gordo se llevó a Marti a un lado y apretó la antena de televisión contra su mano. Luego le susurró algo a la niña y, alzando un dedo admonitorio, silenció las risitas de ella.

Marti estaba observando a Sean apuntalar un muro junto al puente levadizo cuando sus hermanos la auparon hasta el tejado de la torre para que clavase el alambre dorado en la cima. Un terrón se desprendió de la zona de la torre sobre la que se apoyó. La niña perdió el equilibrio, buscó dónde agarrarse y otra parte de la torre se desmenuzó como si fuera de azúcar y se deslizó con ella hasta el patio de armas. Sean se giró y vio la dorada antena de televisión en lo más alto de su torre. Contempló el cataclismo y a Marti riéndose y apartándose la arena con los pies. Arrancó el dorado alambre de la torre y lo lanzó fuera del castillo; la mano llena de arena arremetió contra la niña diminuta y la alcanzó en plena cara.

Durante un breve instante, ninguno de los seis emitió sonido alguno.

Marti, pasmada, con la boca abierta y los ojos como platos, empezó a temblar muy despacio. Un grito de dolor e indignación comenzó a formarse en su interior, pero antes de que la desdicha de la niña explotara y surgiera al exterior, Sean le gritó a la cara.

—¡Idiota! ¡Os he avisado! —El niño estaba llorando.

Marti se tambaleó entre los cascotes de arena blanca hasta Kathy. Sean, con los ojos anegados de lágrimas, agarró a la pequeña. La separó de los brazos de su hermana y la echó del castillo de un empujón.

Una muralla se vino abajo.

Al otro lado de las almenas, sola en la cegadora arena blanca, la niña sollozaba sin parar.

Nadie se movió.

Gimoteando, la niña dio media vuelta y echó a correr hacia la casa, pero las lágrimas la cegaron y se tropezó con Ladybug. Antes de darse cuenta de lo que tocaba su mano, avanzó tanteando por el lomo del perro. Al descubrir que tenía a Ladybug cogida por el collar, Marti hundió el rostro en la tupida pelambre del animal y lloró acongojadamente.

En el castillo, Patrick fue el primero que divisó a los reparadores en el patio.

—¡HA VUELTO LA TELE!

Cuando los de la limpieza ya se marchaban por la puerta de atrás, Kathy remató la faena pegando la llave del armero con cinta adhesiva a la parte de atrás del Corazón Púrpura de Marty. Fue la única de los cinco niños que se apartó de la película a color para acompañarlos a la puerta.

En la cocina, con Nevins, Kathy escuchó la furgoneta arrancar y alejarse. La mujer contempló el suelo limpio, las cortinas nuevas y la ventana reparada.

—Por fin —dijo—. Parece que todo está en su sitio, ¿no? Bien, Kathy, ahora quiero que apartes a tus hermanos y a tu hermana de la tele y los *obligues* a bañarse. Os he dejado ropa limpia encima de las camas, así que ocúpate de que estén vestidos para cuando vuelva con tus padres.

De nuevo prometió Kathy que tendría a sus hermanos y a su hermana listos cuando Nevins regresara.

—Y ahora me voy al aeropuerto o me voy a encontrar un atasco maravilloso. Seguro que estaréis bien, ¿verdad?

Kathy asintió con la cabeza, y Nevins se marchó.

21

K athy frotó los dedos de los pies contra la impoluta moqueta de la sala de la televisión. Cinco empleados, los hombres de la tele y seis horas de trabajo habían restaurado la casa de playa. No parecía quedar nada que evidenciase el caos pasado. Miró a sus hermanos sentados delante del televisor. Ninguno de los tres alzó la vista hacia la niña, que sacó la llave del cordel de cuero que llevaba colgado del cuello, la encajó en la cerradura y la dejó allí. Al fin habló.

—¿Qué hora es?

Patrick ni siquiera echó un vistazo a su reloj de buceo.

—¿Me dices la hora? ¡Tenemos que bañarnos!

Sin mediar palabra, Patrick levantó el brazo. Cary se acercó para consultar la esfera.

—Las seis y diez.

—Tenemos una hora y veinte minutos antes de que lleguen a casa —dijo Kathy—, así que, venga, id a daros un baño, rápido.

Nadie se movió.

—No os preocupéis. Todo va a salir bien —añadió.

—Sí, siempre y cuando… —dijo Cary.

—¿Qué? —le urgió Kathy.

Cary no apartó la vista de la pantalla.

—Siempre y cuando Marti no diga nada.

Con un respingo, los niños apartaron la vista de la película y se miraron los unos a los otros. Kathy se giró hacia los chicos con expresión alarmada.

—¿Y dónde está? —Cary pronunció las palabras con un susurro.

Patrick alzó la voz.

—¡Marti! —Se levantó de un salto y corrió hasta la puerta—. *¡Marti!*

—¡No está arriba! —gritó Kathy asustada a la vez que se acercaba corriendo a la cocina—. *¡Marti!*

Los niños salieron disparados en todas direcciones desde la sala de la televisión.

—¡Marti!

—¡Id a ver en el patio trasero! ¡Afuera, junto a la verja! Patrick, ¡tú mira en el patio!

—¡MARTI! ¿Dónde estás?

—Cary, ¡ve al garaje y mira en el coche de mamá!

Los gritos de los cuatro niños ofrecían un marcado contrapunto al murmullo uniforme de la televisión. Un minuto después, los tres hermanos regresaron al recibidor y se reunieron con su hermana mayor. El rostro de Cary estaba pálido de miedo y sorpresa. Sean y Patrick no aportaron nada.

—Son casi las siete —anunció Patrick—. ¡Tenemos que dar con ella antes de las siete y media! *¡Como sea!*

El niño estaba recalcando lo que los cuatro sabían de sobra: si la niña no estaba allí, si Paula y Marty tenían que buscar a la pequeña, empezarían a hacerles toda clase de preguntas; querrían saber qué había estado pasando. Los cuatro mayores podían mentir, los cuatro mentirían, pero eran conscientes de que si algo rompía la rutina del regreso de los padres a casa, si los mayores comenzaban a hacerle preguntas a Marti, la niña de cuatro años no sería capaz de mantener el secreto de los últimos días.

Kathy se mordió los labios cortados. Les gritó a sus hermanos:

—¿Quién la ha visto el último?

La tentación de eludir la culpa se impuso de inmediato. Los chicos se miraron unos a otros. De repente, Cary lanzó su acusación contra Sean:

—¡Tú has sido el que le ha pegado!

—En el castillo de arena —dijo Patrick.

El castillo de arena. ¿Era en el castillo de arena cuando habían visto a la niña por última vez? De aquello parecía haber pasado una eternidad. Kathy condujo a sus hermanos a la puerta.

—Vamos. ¡Daos prisa!

Afuera, bajo el sol del ocaso, el Santana azotaba la playa y lanzaba la fina arena con tanta fuerza que hubieron de alzar las manos para protegerse los ojos. Del castillo, ahora blanco y seco, el viento arrancaba andanadas de arena. Por debajo de la pantalla de su mano Kathy oteó la playa y el mar encrespado, completamente desiertos.

—Ella sola no se metería en el agua —dijo Sean.

Los cuatro concurrieron con él.

—Pero ¿adónde puede haber ido? —gritó Kathy.

Marlice, que estaba cenándose a solas una hamburguesa con palitos de zanahoria en una mesa de la cocina, levantó la vista hacia los cuatro que estaban apostados detrás de la pantalla mosquitera de la puerta trasera de su casa. Torció el gesto, molesta, a la defensiva, como si la hubiesen sorprendido cometiendo alguna suerte de acto delictivo. Los chicos no dijeron nada, puesto que podían ver que Marti no se encontraba allí. Kathy habló con tono de disculpa:

—Buscamos a Marti.

La niña alta sentada a la mesa partió un palito de zanahoria.

—No la encontramos.

Marlice regó con leche el bocado de hamburguesa y zanahoria y tragó.

—¿Y por qué voy a saber yo dónde está?

—Por Ladybug —respondió Sean—. Ella adora a Ladybug.

—Sean y los demás niños Moss echaron un vistazo por la cocina. Sean volvió al porche y se asomó al patio trasero—. ¿Dónde está?

—¿Quién? ¿Ladybug? Y yo que sé —contestó Marlice.

—Bueno, la perra es tuya —espetó Patrick.

Marlice se acabó su vaso de leche y se limpió el rastro blanco de encima del labio.

—Tendría que estar por aquí. Es su hora de cenar.

—¡Voy a llamarla! —dijo Patrick.

Marlice se puso de pie.

—Ya la llamo yo.

—Por favor, date prisa —la apremió Kathy.

—¡Tenemos muchísima prisa! —exclamó Cary.

Marlice salió al patio con los cuatro detrás y se acercó a una caseta Disney con una cubierta irregular de ripias de madera y una chimenea torcida.

Kathy llamó.

—¡Ladybug!

—¡Te acabo de decir que ya la llamaba yo! —gritó Marlice—. ¡Es mi perra!

La collie marrón y blanca, meneando el cuerpo entero junto con la cola, salió de la caseta sin saber cuál de los cinco merecía su afecto. Marlice se adelantó a los otros cuatro y Ladybug dio un salto y lamió la cara de la niña.

Patrick se dio la vuelta para marcharse.

—Vámonos. ¡Son casi las siete y media!

—Tenemos que encontrarla —dijo Sean.

—No está aquí —se quejó Patrick—. ¿Es que no lo ves?

—A lo mejor está en casa de los Gordon —dijo Cary.

Kathy contempló a Ladybug dar media vuelta y meterse en la caseta. Observó cómo la cola del collie desaparecía bajo el arco de la entrada. Atisbó en el interior.

En la oscuridad, la pequeña, que hasta ese momento había permanecido acurrucada con el perro, se levantó ocupando casi la totalidad del espacio. Al saberse descubierta, y no del todo segura de qué hacer a continuación, Marti retrocedió hacia la pared trasera. Kathy alargó la mano y habló con dulzura.

—Vamos. Mamá y Marty están a punto de llegar a casa.

La niñita en la oscuridad no dijo nada.

—A lo mejor ya han llegado.

Kathy, y Sean a su lado, se hincaron de rodillas para asomarse al interior de la caseta y colocarse a la altura de los ojos de la niña. Enmudecida, la pequeña se acurrucó contra el pelo de Ladybug.

—Dile que tiene que salir —dijo Marlice.

—Marti —dijo Sean—. Vamos, ven con nosotros.

La niña se escondió detrás del perro.

Kathy se volvió hacia Marlice.

—No quiere salir.

—Dile que os vais. Que se crea que la dejáis sola.

—Marti, nosotros nos vamos —dijo Kathy elevando la voz.

Los tres hermanos y las dos niñas observaron el hueco de entrada, pero la niña no se asomó.

Patrick echó un vistazo a su reloj y se estremeció, inquieto.

—Llegamos tarde.

Kathy alzó una mano, pidiendo silencio, pero el niño le plantó el reloj a su hermana en la cara con un movimiento brusco.

—¡Son las siete y media!

—Por favor, Marti —dijo Sean.

Kathy se sumó a la súplica, pero se sentía impotente. A pesar de todos sus ruegos, la pequeña siguió escondida detrás del perro, sin moverse.

—Marti, soy Cary. ¿Sabes qué? —El niño gordo se acuclilló junto a la abertura—. La tele a color ya está en casa y se ve mejor que nunca.

Cary retrocedió tambaleándose de la entrada de la caseta y les hizo a sus hermanos y a su hermana una señal para que abrieran paso. Marti, con la cabeza gacha para pasar por la puerta, salió gateando al patio.

Kathy tomó a la pequeña de la mano.

—Deprisa —rogó la mayor a sus hermanos—. ¡Tenemos que estar en casa antes de que lleguen!

Los cinco dejaron a Marlice y a Ladybug y se apresuraron a cruzar el patio y salir a la playa.

Bajo un cielo teñido de rojo por el sol del atardecer, todos menos Sean echaron a correr contra las rachas de aire cargadas de arena, dejando atrás el castillo que el viento se había encargado de pulir: las redondeadas siluetas de murallas y torres se descomponían en blanca nevisca. Patrick y Cary echaron una carrera hasta la casa, mientras Kathy ayudaba a Marti a avanzar por la blanda arena. En el patio, la mayor pasó revista a los otros niños y decidió, después de que se lavaran las manos y la cara, que su aspecto era bastante decente, pero insistió en que todos se enjuagasen los pies antes de dejarlos entrar en la casa impoluta.

A toda prisa, Kathy condujo a los otros a la planta de arriba, hasta sus dormitorios, comprobó que cada uno se ponía ropa limpia y a continuación los llevó en fila india hasta el cuarto de baño, donde los peinó. Cogió un vaso, lo llenó, arrojó el agua por la bañera y dejó caer unas toallas en el suelo.

—Ya está, así parecerá que nos hemos bañado —dijo—. Vamos —urgió Kathy, y los cuatro salieron del cuarto de baño y se precipitaron escaleras abajo camino a la sala de la televisión.

En la playa más y más rojiza, junto a su castillo, Sean bizqueaba contra los aguijonazos de la arena mientras contemplaba las ruinas. Desde la verja de la calle sonó el claxon de un automóvil y Sean se llevó una mano al audífono y lo manipuló a la vez que levantaba la vista fugazmente hacia la casa.

En la calle, Nevins ayudaba a descargar del maletero de su coche un juego de varias maletas de piel. Las fue transportando hasta la verja trasera de una en una. Un hombre con un pañuelo al cuello, un bronceadísimo hombre calvo ataviado con un traje beis de verano y zapatos blancos, ofrecía su ayuda a una mujer cuya mano enguantada asomó al exterior desde el asiento trasero. Un zapato azul pastel tras otro tocaron el asfalto. Un esbelto cuerpo envuelto en rutilante seda estampada de llamativas espirales azules y naranjas emergió a la calle. Tendió al hombre su sombrero azul de paja para que se lo sujetase mientras abría el cierre de boquilla de un enorme bolso de piel del que extrajo un peine con el que en vano trató de domeñar su cabello rubio platino contra el abrasador vendaval.

El hombre que sostenía el sombrero miró hacia la verja de acceso a la casa de playa, aguardando a los del interior. La rubia levantó la vista de un espejo y su mano enguantada de blanco indicó a Nevins que ya se encargaba ella de los paquetes que viajaban en el asiento trasero.

El hombre del traje de verano tocó nuevamente el claxon, esperanzado, luego con insistencia.

En la arena, Sean se protegía los ojos con una mano mientras escrutaba su castillo a medida que se desvanecía en ráfagas blancas. A lo lejos oyó el claxon, y otra vez miró el niño hacia el lugar de donde provenía el sonido. Se quedó quieto un instante. Luego, muy despacio, entró caminando en su castillo, derrumbando una muralla con los pies desnudos. Pisoteó el montón de arena tambaleándose y se hundió en el hoyo ahora casi nivelado que había servido de foso. Se agachó, recogió la antena dorada de televisión medio enterrada en la arena y echó a andar hacia la casa.

El niño se demoró en el patio, al otro lado de la puerta corredera de cristal, sacudiéndose los pies desnudos antes de entrar en la sala de la televisión donde sus hermanos y hermanas yacían despatarrados, hipnotizados, sin moverse, delante de la nueva película. Sean se unió a ellos y fue a sentarse en la moqueta, cerrando el círculo de los cinco. Dobló las rodillas bajo la barbilla, se llevó una mano al audífono y ajustó el volumen.

La llamada del claxon del automóvil apostado en la verja se elevó por encima del sonido de la televisión, pero ninguno de los niños se movió. Cary mascaba ruidosamente nachos de maíz que sacaba a puñados de una bolsa abierta. Kathy, en su silla, se apartó un largo mechón de los ojos con una mano y se subió a Marti al regazo. Patrick daba cuerda interminablemente a su reloj.

Tres Ángeles del Infierno vestidos de rutilante cuero negro plantaron sus polvorientas botas en el asfalto, se apearon de sus ruidosas motocicletas y abrieron sus navajas con un chasquido.

El claxon del coche de Nevins prácticamente quedó ahogado por el estruendo del grupo de motocicletas que hacía rugir sus motores detrás de los tres hombres vestidos de cuero negro. El claxon sonó débilmente a lo lejos.

Una chica gritó mientras retrocedía tambaleándose ante un hombre sonriente armado con una navaja automática.